CAZA FURTIVA

LOS MISTERIOS DE GWEN LINDSTROM LIBRO 1

CONNIE L. BECKETT

Traducido por
MARINA MIÑANO MORENO

A Joe, mi compañero de viaje y conductor en jefe en nuestro viaje a Dubois.

AGRADECIMIENTOS

Gracias a mis amigos del grupo de escritura. Sus aportaciones son siempre muy valiosas. Muchas gracias a Donna por asegurarse de que las comas estén en su sitio y de que los agujeros de la trama estén cubiertos. Joe y yo nos alojamos en el KOA de Wind River mientras yo investigaba la zona de Dubois. El personal nos ayudó con sus recomendaciones, y nosotros apreciamos recibir su opinión sobre la historia y las atracciones de la zona. Un sincero agradecimiento a mis amigos y familiares por apoyar mi obsesión por la escritura.

LACEY

—Bueno, y ¿dónde diablos está esa chica? — le preguntó Gwen Lindstrom a Mack mientras cambiaba el cartel de la ventana del restaurante de cerrado a abierto.

El cielo oscuro acababa de empezar a aclararse, pero a esa hora tan temprana, el amanecer aún no había iluminado el valle poco profundo donde se encontraba Dubois, Wyoming.

Mack se encogió de hombros. —Es la segunda vez esta semana que llega tarde, ¿verdad? — le preguntó a Gwen a través de la abertura que se encontraba en la pared entre el comedor del restaurante y la cocina. Estaba limpiando la parrilla, que ya estaba impecable, y preparándola para la multitud que llegaría en breve para desayunar tocino crujiente, huevos duros y tortitas tiernas. —Sigo pensando que hay que hacerle un test de drogas. O podrías despedirla por llegar tarde. Has despedido a gente por menos.

—Lo haría, pero la temporada turística de verano acaba de comenzar, y la oferta de camareras es escasa—, explicó Gwen, buscando en el frigorífico las botellas de salsa picante casera por la que la cafetería era famosa.

La chica de la que hablaban era Lacey Stevens, pero no era

realmente una chica, ya que tenía más de veinte años. Había llegado un mes antes en busca de trabajo. Gwen se había apiadado de Lacey. Era delgadita, incluso más baja que Gwen, que medía metro y medio, y parecía no haber comido bien en mucho tiempo. Sin embargo, su aspecto era limpio y pulcro, y su largo cabello oscuro estaba recogido en una ordenada cola de caballo. Y Gwen iba escasa de personal, ya que Michelle estaba de baja por maternidad y lo más probable era que no volviera.

Gwen le había dicho a Lacey: —Tengo una plaza libre en el turno de mañana. Abrimos a las 6 de la mañana. Eso significa que tienes que estar aquí, lista para comenzar antes de las 5:45. ¿Entendido?

Lacey asintió con la cabeza.

Gwen continuó: —Tu pelo está bien recogido así, y supongo que no pasa nada por que sea de color morado—. Parecía que la mitad inferior del cabello oscuro de la chica había sido sumergida en tinte púrpura. En Lacey, el look funcionaba. Además, ¿acaso tenía ella la capacidad de protestar contra su pelo? Gwen se tocó el lóbulo de la oreja con su hilera de pendientes, que iba desde la parte superior de la oreja hasta la parte inferior del lóbulo. No le negaría a la chica el color púrpura. —Pero—, continuó Gwen, —tendrás que cubrir eso—. Señaló la manga tatuada en el brazo izquierdo de Lacey, que iba desde justo por encima de la muñeca hasta el punto en que desaparecía bajo la manga de su holgado jersey.

—Tengo una camisa de manga larga que puedo usar—, le había dicho Lacey y, ante eso, Gwen la contrató.

Durante tres semanas, Lacey había llegado antes de la hora señalada, dispuesta a trabajar. No cabía duda de que era una gran trabajadora, aunque su nerviosismo y el hecho de que siempre estuviera inquieta y agitada, contrastaba bastante con la cautela de Michelle. Y, Dios, con qué facilidad se distraía la chica. Un camión entraba en el aparcamiento y Lacey, que estaba en mitad de tomarle el pedido a un cliente, se quedaba mirando por la ventana hasta que el conductor apagaba el motor.

En ese momento, se abrió la puerta, y Lacey entró corriendo.

—Lo siento, lo siento—, le dijo a Gwen mientras pasaba junto a ella de camino a la trastienda a por un delantal.

Antes de que Gwen pudiera abrir la boca para decir algo, Lacey se había ido y la puerta de la habitación trasera se abría a su paso.

Mack levantó dos dedos, diciéndole a Gwen «dos veces en una semana».

La primera vez que Lacey llegó tarde, lo hizo con un ojo morado, y el maquillaje que se había aplicado no logró ocultar el moretón. Gwen le había recordado a Lacey que tenía que llegar antes de las 5:45 pero, al ver el daño, no tuvo el valor de regañarla.

—Lo siento mucho. Sé que es la segunda vez, pero te prometo que no volverá a ocurrir—, le dijo Lacey a Gwen después de volver, atándose el delantal negro con el *Ranchers' Café* en letras rojas sobre el pecho.

El hematoma que rodeaba el ojo de Lacey se había vuelto de ese tono amarillento-verdoso que adquieren los hematomas al cabo de unos días. Lo que llamó la atención de Gwen esta mañana fue la oscuridad que había bajo los dos ojos de Lacey. No era un hematoma, pero era una prueba de que no había dormido mucho. Gwen se preguntó si había estado de fiesta hasta tarde o si el novio que probablemente la había abofeteado era también el responsable de la noche de insomnio.

Su primer cliente entró en el aparcamiento, con los faros barriendo el interior del restaurante.

—Hablaremos de ello más tarde, Lacey. Ahora mismo, tenemos trabajo que hacer.

Gwen observó cómo los hombros de Lacey se relajaban gracias a la prórroga mientras un segundo cliente entraba en el aparcamiento.

La hora del desayuno en el restaurante era entre las seis y las nueve de la mañana. Lacey estaba más nerviosa e inquieta que de costumbre mientras esperaban a los trabajadores del rancho y de la granja que se levantaban temprano para trabajar primero y, luego, al personal de oficina y a los vendedores que llegaban para tomar un bocado antes de comenzar su jornada laboral. Cada vez que alguien entraba en el aparcamiento o abría la chirriante puerta de cristal, la cabeza de Lacey se movía hacia el ruido, con una extraña expresión en su rostro. Gwen no podía descifrar la mirada. Se preguntaba si era miedo, temor o anticipación.

Un inquietante cosquilleo revoloteó en la nuca de Gwen, como si Lacey la hubiera estado observando toda la mañana como un perro que hubiera hecho algo mal y supiera que se avecinaba un castigo.

A las 10:30, cuando sólo quedaba una pareja que seguía comiendo y sin poder aguantar más, Gwen se sirvió dos tazas de café y le indicó a Lacey que se uniera a ella en una mesa vacía.

—Has vuelto a llegar tarde esta mañana—, le dijo Gwen a Lacey en cuanto esta se sentó. — ¿Por qué? — Ella siempre había creído que el enfoque directo era el mejor. Gwen no les daba tiempo para formular una mentira.

A Lacey le temblaba la mano mientras se echaba azúcar en el café. Dejó rápidamente el azucarero sobre la mesa y se metió las manos bajo los muslos.

Gwen había cogido un par de cubiertos enrollados en servilletas antes de sentarse. Ahora, desenrolló uno de ellos, sacó una cuchara y la colocó en la servilleta junto a la taza de Lacey. Cuando levantó la vista de la tarea, Gwen vio que se había formado una lágrima en el rabillo del ojo amoratado de Lacey. Sorprendida, Gwen respiró profundamente y comenzó de nuevo, esta vez con una voz más suave.

—No estoy enfadada—, continuó Gwen. —Es que parece que estás molesta por algo. Sólo somos tú y yo las que trabajamos en el turno de mañana y, si no apareces, me fastidia. Sobre todo, ahora que es primavera y vienen más turistas. Necesito saber qué te pasa.

Lentamente, con los ojos fijos en su taza, Lacey tomó la cuchara y removió el café azucarado. Gwen nunca la había visto tan quieta, tan inmóvil. Si Lacey estaba drogada, como Mack sospechaba, ¿podría pasar de estar inquieta a estar casi congelada tan rápidamente? Gwen no estaba segura.

Todavía mirando su café, Lacey comenzó a hablar. —Donny, mi novio, no llegó a casa anoche. Me quedé despierta hasta tarde esperándolo.

Oh, Dios mío, pensó Gwen. Odiaba el drama de la novia y el novio. ¿Cuántas veces lo había visto?

El tal Donny probablemente se fue de juerga, y estaba durmiendo la mona en su coche o en la cama de alguna chica que había recogido en el bar. Que le vaya bien. Donny fue probablemente el que la golpeó. Lacey estaba mejor...

—Sé lo que estás pensando—, dijo Lacey, interrumpiendo los pensamientos de Gwen. —Donny, bueno, Donny no haría eso, me refiero a desaparecer así. Iba a...— Lacey apretó los labios. Las palabras que estuvo a punto de decir se encerraron en la bóveda de su mente. Lacey tomó un trago de café y se retorció en el asiento.

Gwen se quedó callada esperando a que Lacey dijera algo más. Quería seguir interrogándola, pero uno de los clientes que permanecía en el restaurante agitó su taza de café en su dirección, y Lacey se levantó de un salto para rellenarla.

2

DESAPARICIÓN

Lacey llegó puntualmente a las 5:40 de la mañana del día siguiente, golpeando la pesada puerta de cristal para que Gwen la dejara entrar.

Gwen pensó que el problema del novio se había resuelto hasta que vio la cara de Lacey. El moretón seguía del mismo color amarillo y verde asqueroso, pero las ojeras se habían profundizado. Lacey se apresuró hacia la trastienda para coger su delantal antes de que Gwen tuviera la oportunidad de interrogarla.

El Ranchers' Café siempre estaba a rebosar de gente los viernes por la mañana. Este no era una excepción. Lacey trabajaba con sus movimientos rápidos habituales mientras tomaba los pedidos, mantenía llenas las tazas de café de los clientes y cogía los platos del desayuno en cuanto Mack los colocaba en el mostrador bajo las luces de calor y hacía sonar la campana. A diferencia del día anterior, solo se sobresaltaba de vez en cuando cuándo se abría la puerta o entraba un camión diésel en el aparcamiento.

Finalmente, el tráfico de clientes disminuyó. Gwen se masajeó el hombro, contando los minutos que faltaban para las

2 de la tarde, momento en el que la encargada de la tarde tomaría el relevo. Fue entonces cuando la sheriff April Erickson entró por la puerta.

April era la cuñada de Gwen, la hermana menor de su difunto marido. Era alta, de casi dos metros, de complexión fuerte y tez blanca. April y Gabe Lindstrom, el difunto marido de Gwen, eran dos gotas de agua de genes escandinavos y, a veces, cuando Gwen veía a April, su corazón sentía una pequeña punzada de dolor por haber perdido a Gabe a tan temprana edad.

La mayoría de los días, April lucía una sonrisa tan grande como su corazón, pero hoy no. Dedicó un momento a saludar a Gwen con la cabeza y, luego, se centró en Lacey.

Cuando April se acercó a ella, uniformada, con la pistola enfundada y con los pertrechos de las fuerzas del orden, Lacey se quedó helada como un ciervo al oír el primer disparo lejano en la temporada de caza.

Gwen se acercó, sin avergonzarse lo más mínimo de escuchar a escondidas su conversación.

—Eres Lacey Stevens, ¿verdad? — Preguntó April.

Lacey asintió con la cabeza y se retorció las manos.

— ¿Y denunciaste la desaparición de tu novio, un tal Donald Myers, ayer?

Lacey volvió a asentir. Parecía incapaz de hablar.

April se giró y le preguntó a Gwen: — ¿Te parece bien si hablo con la señorita Stevens en privado durante unos minutos?

—Tómate el tiempo que necesites. No estamos ocupados—, respondió Gwen, haciendo lo posible por ocultar su decepción. *Ya no puedo escuchar a escondidas.*

April señaló la puerta y, luego, siguió a Lacey al exterior.

Diez minutos más tarde, Lacey volvió sola y con cara de disgusto, con los ojos enrojecidos dentro de sus huecos oscuros. Gwen ansiaba preguntar si el novio había aparecido -lo más probable es que estuviera en la cárcel-, pero justo entonces entró un grupo de seis personas. Gwen puso una mano suave en el brazo de Lacey y le dijo que se tomara unos minutos para serenarse y, luego, fue a atender a los nuevos clientes.

Finalmente, Marilyn, la encargada de tarde, llegó junto con el personal de servicio. Una de las camareras habituales, Susie, llegó antes para ayudar con el almuerzo, por lo que Gwen envió a Lacey a su casa después de que el ajetreo del almuerzo disminuyera. Cuando le dijo que se fuera, Lacey había salido disparada hacia la trastienda, desatando ya el delantal. Antes de que la puerta dejara de oscilar, estaba de vuelta y corriendo hacia la puerta del restaurante.

—Voy a encargarme de las cuentas—, le dijo Gwen a Marilyn después de cobrarle a una pareja que se había quedado a comer.

— ¿De qué quería hablar April con Lacey? — Preguntó Mack.

Gwen entró en la cocina para arrancar del tablón de anuncios la factura de un proveedor de alimentos para poder pagar la cuenta.

—Su novio sigue desaparecido. Parece que denunció su desaparición después de salir de aquí ayer.

—Sospecho que se ha ido de rositas—, respondió él.

Gwen levantó las tapas de los botes y miró hacia dentro, con las fosas nasales un poco agitadas. —Esto huele bien. He visto salir un montón de raciones. Me muero de hambre.

—Pollo y albóndigas. Coge un bol y sírvete—, le dijo. — ¿Lacey tiene alguna pista sobre a dónde fue su chico?

—No. Pensé que tal vez estaba durmiendo la mona en algún lugar, pero según Lacey, eso no cuadra con su carácter.

Mack resopló.

—Sí, yo también pensé eso, pero sin duda está molesta. ¿Conoces a Donny, su novio? — Preguntó Gwen.

—Nunca lo conocí. Puede ser que haya venido a comer, pero no sé cómo es. ¿Y tú?

Gwen añadió queso rallado a la parte superior de las albóndigas de pollo y tomó una cucharada mientras pensaba.

—No, lo mismo que tú. Lacey rara vez habla de su vida personal, no es que tengamos tiempo para charlar con lo ocupados que estamos por las mañanas. Es raro que no lo conozcamos. Dubois no es tan grande, sobre todo a finales de invierno, cuando los turistas se han ido.

—Ñam, esto está realmente delicioso—, continuó mientras servía con una cuchara otra gorda bola de masa. La salsa sabía a salvia y albahaca y a cualquier ingrediente secreto que utilizara Mack.

Mack empezó a trabajar como chef mientras servía en el ejército. Tras veinte años de servicio, se retiró. La jubilación no duró mucho: era demasiado aburrida, le había dicho a Gwen. Primero trabajó en la cocina de un restaurante en Jackson, pero pronto se dio cuenta de que el lujoso estilo de vida de Jackson Hole no encajaba bien con su familia, y buscó trabajo en una ciudad más pequeña. Mack habló con un amigo, que le remitió a otro amigo, que le recomendó a Gwen.

El momento era perfecto. Después de que Gabe muriera de cáncer, Gwen había pensado en vender el local. Los ingresos del restaurante habían aumentado de forma constante a lo largo de los años, pero el trabajo era duro y con poco tiempo libre.

Gabe, su cariñoso apoyo, se había ido, y ella no podía reunir el coraje para seguir adelante. Tras unos meses observando el competente trabajo de Mack, le preguntó si quería entrar como socio. Él había aceptado y ahora dirigía la cocina, contrataba y despedía al personal de cocina y ordenaba los suministros. Él, su mujer y sus hijos mayores no eran nativos de Wyoming, pero se habían adaptado fácilmente a la zona.

Gwen se sirvió otra ración de pollo y albóndigas en su cuenco y se dirigió al despacho para trabajar un rato en los libros.

Cuando Gwen salía del restaurante, vio a April entrar en el

aparcamiento. Su cuñada parecía inusualmente agitada. Normalmente, la sheriff April Erickson era un alto pilar de calma, pero hoy no.

—Hola, Gwen. Esa camarera, Lacey Stevens, ¿sigue aquí? —Preguntó April.

—La envié a casa hace una hora más o menos. ¿Por qué?

—Maldita sea—, dijo April, apoyando la palma de la mano en la culata de su pistola enfundada. — ¿Sabes a dónde fue?

—No. ¿Por qué? — Gwen preguntó. — ¿Has encontrado a su novio?

—Si es el que encontramos en su propiedad. No son buenas noticias.

Gwen frunció el ceño. — ¿Qué quieres decir?

En ese momento, sonó el teléfono móvil de la sheriff. Comprobó el identificador de llamadas y contestó. — ¿Sí, Jack?

April lo escuchó durante un minuto y, luego, respondió: —Retenla allí, ahora voy de camino. Y no le digas nada. Quiero observar su reacción.

April se volvió hacia Gwen y le preguntó: — ¿Tu coche está aparcado en la parte de atrás?

—Por supuesto—, dijo Gwen. Levantó las llaves y abrió la puerta del Jeep que estaba aparcado al lado del restaurante. — ¿Por qué?

—Me gustaría que vinieras conmigo, si estás libre, por supuesto. Te llevaré de vuelta cuando hayamos terminado. Encontramos un cuerpo en el granero detrás de su casa. Podría ser Myers, pero aún no tenemos una identificación positiva. Era mi ayudante al teléfono. Lacey acaba de llegar a casa. Está en la escena con ella, pero me ayudaría que alguien que Lacey conozca esté allí cuando se lo diga. Te diré lo que sabemos por el camino.

Gwen hizo sonar su llavero, esta vez para volver a cerrar las puertas del Jeep, y se deslizó en el asiento del pasajero del coche patrulla de April.

—Entonces, ¿qué ha pasado? — Gwen le preguntó a April mientras salían del aparcamiento.

—Un par de chicos que estaban de excursión dijeron que la ventana de un granero estaba rota y que no parecía haber nadie en casa. Fueron a comprobarlo y...

Gwen resopló.

—Exactamente lo que yo pensaba. Su historia sonaba como una total mentira. En fin, se asomaron a la ventana, sólo para asegurarse de que todo estaba bien.

Gwen volvió a resoplar.

—Dentro, encontraron a un hombre en el suelo que, según ellos, parecía estar muerto, así que llamaron al número de emergencia.

—¿Quiénes eran los dos tipos?— Preguntó Gwen.

—No lo sé. Colgaron antes de dar sus nombres al operador, y no había nadie en la escena cuando llegó el oficial de la patrulla.

— ¿Llamada anónima, entonces? —Preguntó Gwen.

April se giró y le lanzó una sonrisa a Gwen que le recordó al gruñido de un lobo. —No del todo. El operador tendrá el número de móvil desde el que se hizo la llamada.

April redujo la velocidad. Al divisar un estrecho camino de entrada, se metió en él. Ya estaban fuera de la ciudad, los árboles y la maleza ocultaban la vista de la casa desde la calle.

— ¿Cómo murió? —Preguntó Gwen.

—Todavía no hemos examinado el cuerpo. Jay está en camino.

El corazón de Gwen dio un vuelco al mencionar a Jay Marker. Era el dueño de la funeraria Dubois. Como era el director de la funeraria, también ejercía de forense del condado de Fremont cuando era necesario. Era delgado y guapo, con el pelo plateado. Era amigo de Gwen y, a veces, su amante... cuando tenían tiempo. Debido a sus apretadas agendas de trabajo, no se reunían muy a menudo.

April miró a Gwen. —Esa gran sonrisa en tu cara no puede ser porque tu apuesto director de la funeraria vaquero está a punto de llegar, ¿verdad?

Gwen le dio un ligero puñetazo en el hombro a su cuñada, pero no pudo amortiguar la sonrisa.

Cuando se detuvieron al final del camino de entrada, encontraron a Lacey sentada, encorvada, en los escalones de la entrada de una triste casita con la mirada perdida. Un agente uniformado estaba a un lado y levantó una mano en señal de saludo. Detrás de la casa, escondido entre los árboles, había un granero de madera desgastado con cinta policial rodeando una amplia franja en la parte delantera.

—Tuve que decírselo, sheriff—, le informó el agente a April en cuanto se bajaron del coche. —Insistió en buscar en el granero y la única manera de detenerla fue decirle que se había encontrado un cuerpo y que teníamos que esperar.

—Maldita sea—, murmuró April.

Lacey no había reconocido su llegada, ni siquiera se había movido. Al acercarse a ella, Gwen vio que se rodeaba con los brazos como si tratara de mantenerse de una pieza. Gwen se sentó en el escalón del porche junto a ella y colocó un brazo suavemente alrededor de la chica. Era difícil saber qué hacer con ella. Había visto a Lacey ponerse rígida y apartarse cuando un cliente le daba una palmadita en la espalda o le apretaba el brazo. Lacey no se apartó ante el contacto de Gwen, pero tampoco se inclinó hacia ella. Debajo de la camisa, Gwen podía sentir las vértebras de Lacey.

— ¿Tienes frío? —preguntó Gwen. El aire primaveral seguía siendo fresco, sobre todo a la sombra de los árboles que rodeaban el terreno.

Lacey asintió, la primera señal de reconocimiento desde que habían llegado. Gwen se quitó la chaqueta de lana y se la colocó sobre los hombros. La chica se estremeció al sentir el calor retenido del cuerpo de Gwen.

April se había acercado al ayudante que vigilaba la entrada del granero y hablaron en voz baja.

— ¿Sabes lo que pasó? —Gwen le preguntó a Lacey.

Lacey negó con la cabeza. —Lo único que me han dicho es que hay alguien muerto en el granero. No me dicen quién.

Levantó la cabeza y le dirigió a Gwen una mirada atormentada. —Donny todavía no ha vuelto a casa, sabes. Oh, Dios. Oh, Dios.

Lacey puso la cabeza entre las rodillas y sollozó.

— ¿Hay alguien a quien pueda llamar para que venga a estar contigo? ¿Familia o un amigo? — preguntó Gwen.

Lacey negó con la cabeza. —Nadie.

Contestada la pregunta, lo único que pudo hacer Gwen fue acariciar la huesuda espalda de la chica.

3

ENCONTRADO

Jay llegó unos minutos después, conduciendo la furgoneta Ford que utilizaba para transportar cadáveres. Vio a Gwen cuando se bajó del coche. Enarcó las cejas y, luego, una sonrisa iluminó su rostro.

Gwen se levantó del escalón delantero, se sacudió la parte trasera de los pantalones y fue a saludarlo.

Lacey se quedó sentada con la cabeza agachada y los brazos abrazados a las rodillas. Al menos sus sollozos se habían calmado un poco. El oficial encargado de vigilar a Lacey levantó una mano en señal de saludo y señaló el granero.

—El cuerpo está ahí atrás, Sr. Marker.

Gwen se unió a Jay cuando este abrió la puerta trasera de la furgoneta y sacó una camilla. Quiso darle un abrazo, pero el agente la observaba, y su situación era... complicada.

Había conocido a la mujer de Jay, Lauren, cuando Gwen y su marido, Gabe, eran buenos amigos de los Marker. Después de la muerte de Gabe, Gwen era la única del cuarteto, y las invitaciones para reunirse con Jay y Lauren para cenar o salir por la noche habían disminuido.

Gwen había llorado la pérdida de su amistad, pero

comprendía la incomodidad de un trío con los recuerdos de Gabe aún demasiado presentes. Lo entendió mejor cuando se enteró de que a Lauren le habían diagnosticado Alzheimer en fase inicial. Se habían apoyado mutuamente -Gwen y Jay- y se había convertido en algo más que una amistad. Aun así, a Gwen le preocupaba lo que diría la gente del pueblo, a pesar de que Lauren estaba en una residencia y no había reconocido a su marido en mucho tiempo.

— ¿Conoces al difunto? —le preguntó Jay a Gwen, inclinando la cabeza en dirección al granero.

—Nunca lo llegué a conocer. La chica sentada en la escalera es mi camarera del turno de mañanas. Vive aquí, y me dijo hoy que su novio no llegó a casa anoche.

Jay se dirigió hacia el granero, la camilla chocando con el suelo áspero. Gwen caminó a su lado.

—Entonces, ¿creen que el cuerpo en el granero pertenece al novio? —preguntó.

—Supongo que sí, pero quién sabe, tal vez el novio mató a alguien, escondió el cuerpo en el granero y se largó.

Jay se volvió para mirarla. — ¿Es posible?

—Es difícil de decir. Lacey vino a trabajar hace unos días con un ojo morado, ¿eso te dice algo?

Llegaron a la cinta que circundaba la escena del crimen, y un oficial levantó una mano. Gwen conocía al agente. Era un cliente habitual del restaurante.

—Lo siento, señora Gwen—, se disculpó el oficial. —Sólo las personas autorizadas pueden ir más allá de este punto.

—No hay problema, Mark—, dijo ella, recordando su nombre en el último segundo.

Mark levantó la cinta y Jay, agachándose, empujó la camilla por debajo.

Gwen deseó haber cogido su propio coche y haber seguido a April. Ahora la sheriff estaba dentro, en algún lugar, y Gwen estaba atrapada hasta que pudiera coger un coche de vuelta, por lo que volvió a la entrada para esperar junto a Lacey.

— ¿Crees que podría ser tu novio? —Gwen se atrevió a preguntarle a Lacey, que había dejado de llorar y ahora estaba enviando mensajes de texto en su teléfono.

—Creo que sí—, respondió Lacey con voz ronca. —Sigo enviándole mensajes de texto, pero no responde.

A Gwen no se le ocurrió nada más que decir, así que se limitaron a esperar en las escaleras, cada una sumergida en sus propios pensamientos.

Poco después, Jay salió del granero y caminó hacia ellas, llevando puestos unos guantes de látex y sosteniendo algo en una mano.

Era una cartera, se dio cuenta Gwen, cuando vino a pararse frente a ellas.

— ¿Eres Lacey? —preguntó con voz suave.

Lacey asintió, llevándose las manos a la boca como si estuviera rezando.

Jay abrió la cartera y sacó una licencia de conducir. —Donald Myers, ¿es tu novio? —Volvió a asentir, con las manos aún cubriendo su boca.

Gwen notó que Jay había usado el tiempo presente. *¿Significa eso que...?*

— ¿Este es Donald? —le preguntó suavemente a Lacey, mostrándole la foto del carnet de conducir.

Ella asintió, esta vez con más fuerza. Las lágrimas brotaban de sus ojos.

April se unió a ellos, llevando también guantes de látex.

—Lo siento mucho, cariño—, le dijo Jay a Lacey en el mismo tono amable. —Donald ha fallecido.

—Donny, Donny, no, no—, sollozó Lacey, envolviéndose una vez más y meciéndose con cada gemido.

—Siento tu pérdida—, añadió April, entrando en el círculo de Jay, Gwen y Lacey.

Confirmada la identidad, Jay se dio la vuelta y empezó a caminar de vuelta hacia el granero.

— ¿Estás segura? —gritó Lacey.

April asintió. —Estamos seguros.

— ¿Puedo ofrecerte algo? —Gwen le preguntó a Lacey. —Tengo Kleenex en mi bolso. Déjame ir a buscarlos.

Cuando Gwen volvió del coche de April, con los pañuelos en la mano, April tenía a Lacey de pie, con una mano firme bajo el codo para sujetarla. Gwen le entregó el paquete de pañuelos a Lacey, quien se limpió la nariz y la cara. El maquillaje que se había aplicado cuidadosamente para ocultar el ojo morado había desaparecido y el duro color verde amarillento del hematoma se extendía con crudeza sobre el delicado rostro de la chica. A April no le pasó desapercibido. Gwen sólo quería entrar en el granero y dar una patada al ahora indefenso Donny por haber abofeteado a su novia.

—Lacey va a venirse a la comisaría conmigo—, le dijo April a Gwen. —Los técnicos de la policía científica deberían llegar pronto.

—No quiero dejar a Donny—, sollozó Lacey, y trató de alejarse de April.

—Van a cuidar bien de tu Donny—, le dijo April. —Ahora mismo, necesito tu ayuda para averiguar qué ha pasado y quién lo ha hecho—. Suavemente añadió: —Así es como mejor podemos ayudarle ahora.

— ¿Te importa? —preguntó April a Gwen.

—Ve. Volveré al pueblo con Jay—, respondió Gwen.

Mientras Lacey y April se dirigían al coche, April miró hacia atrás por encima del hombro y le ofreció un guiño conspirador a Gwen.

Gwen esperó y esperó un poco más. Temblaba por el frío de la tarde, deseando haberle pedido a Lacey que le devolviera su chaqueta. Llegó otro vehículo, éste con dos técnicos de criminalística. Saludaron brevemente a Gwen antes de abrir el maletero, sacar el equipo y ponerse en marcha hacia el granero.

La propiedad estaba rodeada de árboles y maleza. Gwen apenas podía divisar el estrecho corte del camino de grava curvado que conducía hacia la carretera asfaltada. La casa estaba aislada, a pocos kilómetros de Dubois. Había conducido por la carretera innumerables veces sin darse cuenta de que había una casa tras la pantalla de árboles.

En algún lugar de la copa de un árbol, un cuervo graznó. Había un pasto cercado con alambre junto a la entrada, y en él pastoreaba un caballo de piel de ciervo, que de vez en cuando levantaba la cabeza para observar la actividad. Había un remolque para caballos aparcado entre la casa y el granero, pero el único otro vehículo que podía ver era el viejo Toyota plateado que Lacey llevaba al trabajo.

El Toyota no era lo suficientemente potente como para arrastrar un remolque, no tenía ningún enganche, aunque pudiera. Si ese era Donald Myers en el granero, ¿dónde estaba su vehículo?

Le surgió otra pregunta. ¿Por qué a Lacey no se le había ocurrido buscar antes a su novio desaparecido dentro del granero? ¿Era porque lo había matado después de que la golpeara? ¿O era porque su vehículo no estaba allí, y Lacey supuso que no estaba en el granero? Había trabajado con Gwen las tres últimas mañanas, saliendo a las dos de la tarde. ¿Qué había estado haciendo por las tardes? ¿A qué hora solía llegar Donny a casa?

Gwen había visto el carnet de conducir de Donald cuando Jay se lo enseñó a Lacey. No lo reconoció por el vistazo que le echó a la foto. Quizá no llevaban tanto tiempo en la ciudad; casi todo el mundo en el condado de Fremont pasaba por las puertas del Ranchers' Café en un momento u otro.

El caballo levantó la cabeza y sus orejas se aguzaron hacia el granero. Gwen se giró para ver a Jay entrar por la puerta empujando la camilla, ahora coronada por una abultada bolsa para cadáveres de color gris oscuro. Se detuvo, le dijo algo a uno de los ayudantes y esperó mientras el ayudante subía a la furgoneta de Jay y la acercaba a la cinta amarilla de la escena del crimen. Jay empujó la camilla un poco hacia ella, abrió la puerta trasera del vehículo y deslizó la camilla y el cuerpo de Donny al interior.

Gwen se unió a él, y juntos los tres -dos vivos y uno muerto- volvieron a bajar por el sombreado camino y salieron a la carretera.

¿Qué le ha pasado? —preguntó Gwen.

—Disparos, uno en la espalda y otro en el ojo.

Gwen sintió un escalofrío en su interior. — ¿Pistola o rifle? ¿O era una escopeta?

—No es una escopeta, no hay patrón de perdigones. Sabré más cuando lo lleve a la morgue.

Gwen visualizó la cara de Lacey, recordando cuál era el ojo magullado.

— ¿El ojo izquierdo? —preguntó.

Jay se volvió para mirarla. — ¿Cómo lo has sabido? —preguntó.

Gwen se encogió de hombros. —Una suposición—, dijo, pero sus pensamientos se centraron en el ojo izquierdo hinchado de Lacey. ¿Podría ser la última declaración de venganza de Lacey contra su novio maltratador o sólo una coincidencia? Se estremeció.

—Tengo una chaqueta en el bolsillo detrás de tu asiento—, le dijo Jay.

Gwen miró entre los asientos, vio el cuerpo embolsado de Donny y se volvió rápidamente.

Jay le sonrió. —No se quejará. Pero toma, déjame cogerla.

Metió la mano detrás de su asiento, sacó una chaqueta de lana y se la dio a Gwen. La envolvió, respirando el persistente aroma del afeitado de Jay.

Mejor.

El café, y el coche de Gwen, estaban entre ellos y la funeraria. Era cómodo estar en el coche con Jay, a pesar del otro pasajero.

Como si hubiera leído su mente, Jay dijo: —Si no te importa, primero dejaré el cuerpo. Necesito refrigerarlo, y luego puedo llevarte a tu coche.

Mucho mejor.

4

———————

CASTIGO

Pasaría un rato antes de que Gwen llegara a su coche y a su casa.

Jay metió el Ford en el gran garaje que conectaba con la funeraria. Luego, accionó el mando a distancia y cerró la puerta del garaje para evitar miradas indiscretas. Sólo entonces se dirigió a la parte trasera de la furgoneta y sacó la camilla. Las ruedas se desplegaron por debajo de la camilla en cuanto pasaron por el parachoques de la furgoneta.

Gwen hizo de furgón de cola en el desfile mientras Jay hacía rodar el cuerpo a través de las puertas automáticas y por el corto pasillo que conducía hasta la sala de preparación. La sala estaba limpia, el equipo, los suelos y las mesas de metal estaban desinfectados, tanto que brillaban. Sin embargo, el lugar siempre inquietaba a Gwen. Jay le había explicado que toda persona fallecida merecía el respeto que se le debía, y que la preparación de un cuerpo formaba parte del ciclo vital. Sin embargo, no era algo en lo que Gwen quisiera pensar.

Ya le había dicho a Jackie, su hija, que había crecido con su propia familia en Denver, que cuando muriera quería ser incinerada. Le había explicado a Jackie y a su marido que sería su decisión lo que hicieran con sus cenizas. «Enterradme junto a vuestro padre si queréis. Pero no me pongáis en la repisa de la chimenea», les había dicho.

Sin embargo, la sensación de inquietud no detuvo la curiosidad de Gwen por el Donny de Lacey.

— ¿Lo has visto bien? — preguntó Gwen a Jay señalando el cuerpo en su bolsa con cremallera.

—Claro, ¿por qué?

—Me preguntaba cómo era. Quiero decir, después de que Lacey apareciera con el ojo morado, tenía la imagen de un gran bruto peludo con barriga cervecera.

Jay la miró y sonrió. —No es para nada así. Recuérdame que no apueste mi dinero si tienes una corazonada sobre los números ganadores de la lotería.

Jay se detuvo ante una puerta de acero que a Gwen le recordaba a la cámara frigorífica de un supermercado.

—Alguien de la oficina del sheriff estará aquí más tarde para observar cuando lo examine. Ya tomaron posesión de lo que encontré en su bolsillo.

— ¿Qué has encontrado? — Preguntó Gwen.

—Las cosas habituales: llaves, billetera, monedas—. Hizo una pausa. —Y la esquina rota de una bolsa de plástico para sándwiches con algún tipo de sustancia dentro.

— ¿Qué? — Preguntó Gwen, con la curiosidad despertada.

Jay se encogió de hombros. —No tengo ni idea. ¿Aún quieres verlo?

—Sí.

Le dirigió una mirada apreciativa. —Puedo abrir la bolsa lo suficiente como para exponer su cara, pero te advierto que su ojo se ve mal.

El padre de Gwen había cazado y pescado cuando ella era una niña y toda la familia colaboraba para procesar el ciervo, el pescado y el berrendo. Si podía hacer eso, entonces podría mirar la cara arruinada de Donny. Asintió con la cabeza.

Jay abrió la cremallera de la bolsa para cadáveres unos centímetros para que ella pudiera ver. —No toques—, advirtió como si fuera necesario.

Donny había sido guapo en vida, con el pelo oscuro y una perilla como las populares ahora, con un bigote y un vello facial que se curvaba como un paréntesis alrededor de la boca y la barbilla. Su piel estaba moteada, pero en vida su rostro había sido delgado y su nariz fuerte. Había un agujero en carne viva donde había estado su ojo izquierdo. Gwen trató de bloquear esa imagen de su mente. Llevaba una camisa de cuadros y las primeras marcas de un tatuaje asomaban por debajo del cuello.

—Maldita sea—, exclamó mientras Jay le volvía a subir la cremallera. — ¿Qué dirías, que tenía veintitantos?

—Su carné de conducir dice que tenía veinticuatro—, le dijo Jay mientras abría la puerta del refrigerador y empujaba la camilla hacia adentro.

Gwen trató de recordar lo que Lacey había escrito en su solicitud de empleo como fecha de nacimiento. La fecha de nacimiento de Lacey era de veinticinco años.

Jay se acercó al gran fregadero de acero inoxidable y empezó a lavarse las manos.

—El que le disparó debió de acercarse si le dio en el ojo—, comentó Gwen.

—Podría ser, o quienquiera que fuera era un buen tirador. También había una herida de bala en la espalda entre los omóplatos.

Gwen lo pensó. —Entonces, ¿crees que alguien se acercó sigilosamente, le disparó en la espalda y, cuando se giró, le disparó por segunda vez en la cara?

Jay cerró el agua y sacó un trozo de papel del dispensador para secarse las manos. —Esa es una posibilidad. Tendré una mejor idea mañana. La espalda o el ojo, probablemente no hubiera podido sobrevivir con ninguna de las dos heridas.

— ¿Cuándo lo mataron? —preguntó.

Jay abrió la tapa del contenedor de basura con el pie y tiró el papel. Ahora estaba de pie frente a Gwen. Incluso después de pasar tiempo en un granero examinando un cadáver, sus pantalones caqui seguían teniendo un aspecto impecable. Jay se había subido las mangas antes de lavarse las manos y los ojos de ella recorrieron sus antebrazos nervudos con su fino vello corporal.

—Eres la persona más curiosa que he conocido—, bromeó. —Siempre lo has sido.

Gwen se encogió de hombros e intentó parecer ofendida, pero no lo consiguió. Lo que dijo era cierto.

—Solo me lo preguntaba. Lacey, mi camarera, trabajó los dos últimos días desde la apertura hasta cerca de las dos de la tarde—. Dejó colgando el resto de sus preocupaciones, sin querer poner en palabras lo que temía.

— ¿Piensas que puede haber matado a su novio?

—No lo sé. Vino a trabajar hace unos días con un gran moretón. Lo viste. Su ojo izquierdo, al igual que Donny. Además, ha estado más nerviosa que un gato salvaje.

Jay se acercó a Gwen y la abrazó. —Demasiado pronto para preocuparse por eso todavía. Ahora tengo una pregunta para ti.

—Muy bien. ¿Qué? —Esto lo dijo en su hombro muy cálido y masculino, que olía a cualquier colonia o desodorante que se hubiera puesto al comenzar el día.

— ¿Tienes planes para esta noche? —le preguntó Jay, con la voz ronca.

No los tenía.

Jay tenía un apartamento en el segundo piso de la funeraria. Después de que su mujer ingresara en la residencia, había vendido la casa familiar. Era demasiado grande y con demasiados recuerdos, le había explicado a Gwen. Ella sabía exactamente a qué se refería. Después de la muerte de Gabe, ella y Jackie habían dado vueltas en su casa como dos almas en pena. Más tarde, después de que su hija se fuera a la universidad,

Gwen había vendido la casa de 233 metros cuadrados y había comprado una casa de campo con la mitad de espacio que se adaptaba perfectamente a ella.

—Una copa de vino primero—, le dijo Jay mientras le servía uno después de que subieran las escaleras a su casa.

Se sentaron juntos en el sofá de su apartamento. Jay mordisqueó el lóbulo de la oreja de Gwen, pasando la lengua por los bordes de sus pendientes. Luego, bajó por su cuello. Temblando por el placer de su contacto, Gwen le desabrochó la camisa y deslizó una mano por su pecho, sintiendo el latido de su corazón.

Diez minutos después, tras el vino y un poco más de tiempo para besarse en el sofá, ella jadeó.

—Primero, ambos necesitamos darnos una ducha.

Mucho más tarde, tras una placentera hora de hacer el amor y una rápida cena de tostadas y huevos revueltos, Jay llevó a Gwen por las oscuras calles para recoger su coche, que seguía aparcado en el aparcamiento del restaurante. Le había pedido que pasara la noche con él, pero ella tenía mucho en lo que pensar, sobre todo después de que Jay le dijera que los agentes habían encontrado una bolsita con lo que sospechaban que era droga en el bolsillo de Donny.

Al prepararse para ir a la cama, Gwen se preguntó si el alijo en el bolsillo de Donny podría ser metanfetamina. Habría encajado con lo que había visto en las noticias últimamente sobre las redadas de drogas en Wind River Valley. Se puso la camiseta con la que dormía sobre la cabeza y se metió entre las sábanas. El consumo de drogas podría explicar por qué Lacey siempre parecía tan inquieta.

Gwen se durmió, todavía analizando los impactantes acontecimientos del día.

5

EL CLAN ERICKSON

Gwen se sorprendió a la mañana siguiente cuando una ojerosa Lacey llamó a la puerta del café a la hora habitual.

—Entra, Lacey. Deja que te traiga una taza de café. Aprecio tu dedicación, sobre todo en estas circunstancias, pero, de verdad, ya he llamado a Sarah para que te cubra hoy.

— ¿Estás segura? —preguntó Lacey, pero parecía aliviada.

—Estoy segura. Duerme un poco, ocúpate de lo que tengas que hacer, y puedes volver cuando estés lista. Sólo mantenme informada.

Gwen observó cómo Lacey salía arrastrando los pies, pasando por delante de Sarah al entrar.

Los turistas, así como sus clientes habituales del desayuno, mantuvieron a Gwen y a Sarah en movimiento.

Un día más, pensó Gwen, *un día más, y luego tendré un día libre.* El restaurante cerraba los lunes, y ese día no podía llegar lo suficientemente rápido.

Cuando la multitud se redujo, los pensamientos de Gwen se dirigieron una vez más a Lacey, preguntándose cómo estaría y si la chica querría volver a trabajar después del funeral.

Si ella fuera Lacey y hubiera matado a Donny, huiría de la

zona y no volvería a quedarse en esa casa aislada de las afueras del pueblo. Lacey nunca había mencionado tener parientes o amigos cercanos en Dubois, lo que hacía que sus vínculos con la comunidad fueran aún más tenues.

—Sarah—, gritó Gwen cuando vio a la camarera limpiando el sirope de una mesa donde había comido una familia con dos niños pequeños. — ¿Tu hermana sigue buscando trabajo a tiempo parcial?

— ¿Becky? No estoy segura, ¿por qué?

— ¿Te has enterado de que han matado al novio de Lacey? —Gwen preguntó.

— ¿Quién no lo sabe? —dijo Sarah, sacudiendo la cabeza. —Ha salido en todas las noticias, y todo el mundo hablaba de ello esta mañana.

Gwen estaba al tanto de los rumores; los comensales de la mañana le habían pedido detalles mientras ella rellenaba sus tazas de café.

—Que Becky me llame si sigue buscando trabajo. No sé con seguridad si Lacey volverá.

—Lo haré—, respondió Sarah. — ¿Crees que Lacey no volverá porque lo mató? Eso es lo que dice todo el mundo. Hay todo tipo de rumores por la ciudad de que estaban traficando con droga. Quiero decir, incluso he oído que han encontrado un laboratorio de metanfetamina en el granero detrás de la casa.

Gwen no estaba segura de lo último. Una vez que la línea de cotilleo del pueblo se ponía en marcha, a los hechos les salían apéndices extraños. Aun así, Jay le había dicho que habían encontrado una bolsita de algo en el bolsillo de Donny, algo que las fuerzas del orden sospechaban que podía ser droga. ¿Se lo habrían dicho Jay o April si hubieran descubierto pruebas de que se estaba fabricando algo ilegal en el granero?

—Te dije que deberíamos haberle hecho la prueba de la droga a la chica—, le dijo Mack a Gwen cuando se escapó de la cocina para servirse una taza de café.

Gwen se encogió de hombros. —Demasiado tarde para eso ahora, y quién sabe si la chica va a huir de la zona o va a volver a trabajar.

—Oye, Todd, ¿alguna vez te has encontrado con cocineros de metanfetamina cuando has estado deambulando por el bosque? —le preguntó Mack a un hombre con camisa de uniforme caqui y pantalones de carga que estaba sentado en una de las cabinas cercanas.

Gwen conocía a Todd. Era un investigador del Departamento de Caza y Pesca de Wyoming. También era un cliente habitual del café. El hombre sentado al otro lado de la mesa era su nuevo compañero, Mark.

—Una vez me encontré con un tipo que cocinaba metanfetamina en uno de esos viejos caminos de ranchos—, respondió Todd. —Su coche se quedó atascado en el barro cuando intentó dar la vuelta. ¿Qué tonto lleva un viejo Mercury por un camino en el que se necesita una tracción a las cuatro ruedas? De todos modos, estaba todo nervioso y se podía oler el disolvente cuando te ponías al lado del coche. Llamamos al sheriff y, cuando llegaron, descubrimos que tenía productos químicos y recipientes con líquido dentro del maletero. Maldita sea, tuvimos que llamar a un equipo de descontaminación para que se llevara esa mierda de coche. ¿Y tú, Mark? —preguntó dirigiéndose a su compañero de desayuno.

—Encontré algunos parches de marihuana aquí y allá, pero nada de eso—, respondió Mark.

Todd continuó: —Lo que más encontramos últimamente son pruebas de que los cazadores furtivos han salido a cazar.

Mark asintió. —Los atraparemos, sólo es cuestión de tiempo.

— ¿Qué están cazando furtivamente? —Gwen preguntó. —Pensé que había disminuido.

—Lo hizo durante un tiempo—, les dijo Mark. —Nuestra agencia arrestó a cuatro tipos en Montana hace unos meses.

Estaban atravesando las Rocosas y subiendo hacia la frontera occidental de Yellowstone. Llevaban caza de fuera de temporada en su remolque: alces y ciervos mulos.

Mark continuó. —El otro día hablamos con un propietario que le había echado el ojo a un ciervo con una cornamenta grande que no se ajustaba a la norma y que pensaba cazar cuando se abriera la temporada. Pero una noche vio luces en el pasto y fue a echar un vistazo. Encontró a unos tipos que estaban abatiendo a una docena de ciervos, entre los que se encontraba el ciervo al que le había echado el ojo.

—Maldita sea, ¿ahora están en custodia? —preguntó Mack, con sus musculosos brazos cruzados sobre un delantal manchado de grasa.

—No. Se fueron. El propietario consiguió su número de matrícula, pero resulta que había salido de un camión robado. Por lo que he oído, no han sido detenidos.

— ¿La llamada detuvo la caza furtiva? —preguntó Sarah, que se había unido a ellos.

—Durante un breve tiempo, tal vez. Ha vuelto a subir—, les dijo Todd. —Mark y yo hemos estado patrullando desde las cuatro de la mañana, y nada. Pero los atraparemos pronto.

Después de la comida, Gwen pasó una hora en la oficina del restaurante poniéndose al día con el trabajo de los libros y preparando el depósito bancario. Guardó la bolsa del depósito en la caja fuerte para el martes, ya que el banco cerraba el sábado a mediodía.

Antes de que se diera cuenta, Marilyn, la encargada de la tarde de Gwen, estaba llamando al marco de la puerta del despacho.

—Todo el personal de la tarde está aquí, si estás lista para irte—, le dijo a Gwen.

—Ya casi está—, respondió ella.

April había invitado a Gwen a cenar, y ella estaba deseando hacerlo. April y Rod Erickson tenían tres hijos, uno en el instituto, otro en la escuela secundaria y otro aún en la primaria. Era una casa bulliciosa, y Gwen estaba contenta tanto por el ruido y la actividad como por la tranquilidad de su casita con su ordenado jardín en la parte de atrás.

Antes de que eso ocurriera, Gwen tenía que llamar a Lacey. Previamente había sacado su solicitud de empleo del archivo, preguntándose si la chica había incluido algún pariente, pero la única persona de contacto era el ya fallecido Donald Myers. Marcó el número de teléfono móvil de Lacey. Nadie contestó, así que Gwen dejó un mensaje pidiendo que la llamara. Pensó en pasar por casa de Lacey, pero le había prometido a April que estaría en su casa a las cinco y media, y aún tenía que preparar una ensalada de patatas.

———

—Ñam—, le dijo April a Gwen mientras levantaba el papel de aluminio que cubría el bol de ensalada de patatas. —Cuando te decides a cocinar, siempre haces lo mejor.

—Mamá, me muero de hambre—, gimió Phillip, uniéndose a ellas en la cocina.

—Siempre estás hambriento—, le dijo April a su hijo de 15 años. —Y no te acerques a la nevera: tu padre casi ha terminado con las hamburguesas.

—Me muero de hambre, ¿ya está listo? —dijo Sven, el niño de 13 años, haciéndose eco del gemido de su hermano al entrar en la habitación.

—Adolescentes—, resopló April. —Te juro que puedo cargar dos carros en la tienda de comestibles y en menos de dos días se han comido toda una nevera llena. Salid, vosotros dos, y mirad si vuestro padre ha terminado.

—Hola, tía Gwen—, dijo el más joven, Marcus, abrazándola.

Rob y April eran altos, y Gwen notó que incluso Marcus, de 8 años, se acercaba a su hombro.

—Tú también, chico—, le ordenó April a su hijo menor. —Sal a ver cómo va tu padre. Y toma, saca un plato para las hamburguesas.

—A veces te envidio—, le dijo a Gwen una sonriente April. —Yo quería una hija como tu Jackie y al final tuve tres hijos. Es comida las veinticuatro horas del día, ropa deportiva apestosa, lucha en el salón y más comida.

Gwen se rio. —Con las chicas, son risas, ropa y drama de chicas. Ah, sí, y novios.

April puso los platos y los cubiertos en la encimera. —Todavía no estamos muy involucrados en el tema de las citas, pero Phillip pasa una cantidad excesiva de tiempo preparándose en el baño.

Sacaron condimentos de la nevera y abrieron latas de alubias cocidas.

—Traté de llamar a Lacey esta tarde, pero todo lo que recibo es su buzón de voz. ¿Sabes si ella o Donny tienen familia por aquí? —le preguntó Gwen, rompiendo su ocupado silencio.

—No sé de ella, pero un tipo llamó hoy a la oficina diciendo ser el hermano de Donald.

— ¿Preguntando por lo que pasó? —Gwen preguntó.

April se volvió hacia Gwen y sus ojos azules se entrecerraron. —Principalmente, quería saber si teníamos la camioneta, el remolque y las llaves del granero de Donald, y cuándo podría recoger las cosas de su hermano.

Gwen reflexionó durante un minuto.

—Entonces, ¿no preguntó qué pasó con su hermano? Eso sería lo primero que yo preguntaría.

—Brevemente, solo para preguntar si tenemos algún sospechoso, pero sobre todo preguntaba sobre el camión y el remolque. Aparentemente, el hermano no aprobaba a Lacey. Afirma que Lacey metió a Donald en las drogas.

— ¿Y el hermano lo sabe porque vive cerca? —preguntó Gwen.

—En algún lugar de Idaho, dice—, continuó April. —Lacey, todavía está trabajando para ti, ¿verdad?

—Supongo. Al menos hasta que me diga lo contrario. Le dije que se tomara el tiempo que necesitara.

— ¿Detectas alguna evidencia de que esté consumiendo drogas, como metanfetamina?

—No la he visto tomar nada, pero está inquieta como si no pudiera estar quieta—.

April miró por la ventana a Rob sacando la carne de la parrilla. —Antes de que nos alcance una manada de machos hambrientos, tengo que preguntar. Tú y Mack exigís una prueba de drogas antes de contratar gente para el restaurante, ¿no?

—No, aunque hace un tiempo vino un cocinero de la parrilla borracho, e hicimos que la policía municipal le hiciera un control de alcoholemia. Entonces, Mack lo despidió.

—Podría ser una buena idea aplicar ese tipo de política, empezando por esa Lacey—, dijo April mientras Sven abría la puerta corredera de cristal para su padre.

—Mack dijo lo mismo.

—Tienes un compañero inteligente. Hablaremos más tarde—, se apresuró a decir April a Gwen mientras la hambrienta manada se acercaba detrás de Rod.

6

———————

DESERTOR

Al día siguiente, después de que el negocio del desayuno del domingo disminuyera, Gwen volvió a intentar contactar con Lacey. Esta vez lo único que escuchó fue un mensaje que anunciaba que su buzón de voz estaba lleno.

Mierda.

Todavía quedaba la duda de si Lacey estaría en el trabajo el martes. Si no, tenía que encontrar a alguien que la ayudara con el turno de mañana.

También estaba preocupada por la chica. ¿Y si Lacey, agobiada por la pérdida de la única persona que había incluido como familia en su aplicación de empleo, había sufrido una sobredosis? ¿Le caía tan mal al hermano de Donald como para ir a su casa e intentar llevarse sus posesiones? Gwen estaba segura de que había sido Donny quien le había puesto el ojo morado a Lacey. ¿El hermano también era violento? ¿Hasta dónde llegaría el hermano para cobrar lo que sentía que le debían?

Pensó en llevar su metro y medio, sus cuarenta y nueve años y su delgadez a casa de Lacey para asegurarse de que el hermano no le hiciera daño, pero no le pareció la idea más inteligente.

Incluso si Gwen no era atacada, sabía que April probablemente la arrestaría solo por tomar una decisión tan tonta.

¿Qué puedo hacer?

Marilyn llegó temprano, diciendo que necesitaba más horas de trabajo, así que Gwen pudo salir al mediodía. Su casa estaba limpia, y el jardín no se había despertado del todo del invierno, así que se dirigió al taller de la parte trasera del garaje. Lo primero que hizo Gwen fue encender el calentador eléctrico de pared para calentar el pequeño espacio. A continuación, tomó asiento en la vieja mesa de trabajo encontrada hace años en una venta de garaje; sacó las herramientas y los suministros de sus cajones y comenzó a atar nuevas moscas de pesca.

A su difunto marido, Gabe, le encantaba la pesca con mosca. Al principio, Gwen se unió a él para pasar tiempo con su nuevo marido, pero había llegado a amar este deporte tanto como Gabe. Su hija también había disfrutado de la pesca, al menos hasta que Jackie se transformó en una preadolescente de aspecto alienígena. La familia -Gabe, Gwen y Jackie- había explorado ríos y arroyos por todo el parque de Yellowstone. Era una forma estupenda de relajarse durante el fin de semana, y había sido terapéutico para todos ellos después de que a Gabe le diagnosticaran un cáncer que lo apartaría de su familia.

Hacer una línea en la superficie del agua también había sido su salvación después de que Gabe se fuera. Gwen se sentía más conectada con él en la orilla del río, con el sol que se deslizaba por el cielo, e inhalando el aroma del aire puro y fresco. Con mayo a la vuelta de la esquina, era hora de volver a salir al agua.

Gwen se perdió en la intrincada tarea de hacer las moscas y revisar el equipo de pesca. No fue hasta que le rugió el estómago y miró la hora `que se dio cuenta de que eran más de las cuatro de la tarde y que había trabajado hasta después del almuerzo. Puso las moscas que había terminado en la caja de aparejos, se limpió y entró a prepararse un sándwich.

Mientras comía, Gwen volvió a probar a llamar al teléfono

de Lacey. Nadie contestó, y el buzón de voz seguía lleno. Volvió a pensar en conducir hasta la casa y llamar a la puerta de Lacey, pero luego tuvo una idea mejor.

———

—Me preguntaba cómo estabas—, dijo Jay cuando contestó al teléfono.

Gwen no había hablado con él desde el viernes. No es que se llamaran todos los días, pero se enviaban mensajes de texto con regularidad. Con el trabajo, la cena familiar en casa de April, y la absorción de la tarde en la preparación de la temporada de pesca de verano, ella no se había acercado a él.

—He tratado de localizar a Lacey, pero no responde al teléfono. Estoy preocupada. ¿Ha hablado ya contigo sobre los planes del funeral de su novio?

—Todavía no. He terminado con el examen del cuerpo de Donald Myers. La oficina del sheriff quería agilizarlo y el asunto iba lento, así que pude hacerlo el sábado por la tarde. Espero que pronto entreguen el cuerpo para su entierro.

— ¿Qué has encontrado? —Preguntó Gwen.

—No es una sorpresa la causa de la muerte. Heridas de bala. Los ayudantes se encargarán de examinar los fragmentos de bala. Parece ser un calibre veintidós, pero yo no soy el experto. Envié muestras de sangre y tejidos a la Oficina de Investigación de Wyoming. Los analizarán en busca de drogas y cualquier otra cosa que necesite la oficina del sheriff.

—Entonces, ¿no sabrán durante un tiempo si estaba drogado o borracho? Preguntó Gwen.

—Las pruebas de alcohol tardarán un par de días. Todo lo demás, nos espera de tres a cuatro semanas, dependiendo de lo ocupado que esté el laboratorio. Espera un minuto, tengo una llamada en la otra línea que debo atender.

Gwen escuchó la música de espera mientras Jay atendía la otra llamada.

Todo el mundo en Wyoming sabía algo sobre armas de fuego. Ella no cazaba, pero sí sabía que, aunque una 22 era buena para disparar a la caza menor, no sería su primera opción de armas en situaciones en las que una persona pudiera encontrarse con una serpiente de cascabel, un lobo o un oso mientras recorre la naturaleza. Se preguntó si el 22 procedía de una pistola o de un rifle. Eso podría ofrecer una pista sobre la intención y el tirador.

—Estoy de vuelta—, dijo Jay, volviendo a la línea. — ¿Dijiste que estabas tratando de localizar a Lacey?

—Sí, ¿por qué?

—Bueno, era ella la que acababa de llamar.

Gwen sintió que parte de la preocupación que había estado cargando se desprendía de sus hombros. —Bien, eso significa que debe estar bien. ¿Llamó por los planes para Donald?

—Sí, quería saber cuándo el sheriff iba a liberar el cuerpo.

— ¿Qué le dijiste? —preguntó.

—Le dije que hice mi parte y que en cuanto el sheriff dé el visto bueno, podemos proceder con los planes del funeral.

Gwen dijo: —He oído que tenía un hermano. ¿Ya se ha puesto en contacto contigo?

— ¿Un hermano? Nadie me ha dicho nada sobre la familia. Sospecho que la novia o la oficina del sheriff han estado en contacto con ellos. De todos modos, Lacey quiere reunirse conmigo para los arreglos. Le dije que estaba libre ahora si es un buen momento para que ella venga. Dijo que llegaría enseguida.

—Tengo que hablar con ella—, dijo Gwen, tirando los restos del sándwich a la basura. —Estaré allí en dos minutos.

Pasaron seis minutos antes de que Gwen entrara en el aparcamiento de la funeraria de Jay. Habrían sido cinco, pero le dio tiempo a ponerse los pendientes, pasarse un cepillo por el pelo y ponerse un poco de colorete por las mejillas antes de salir de casa. Gwen estaba sentada en el vestíbulo hablando con Jay cuando llegó Lacey.

Todos los gestos nerviosos que Lacey había mostrado anteriormente habían desaparecido. En su lugar había un triste letargo. Se acercaba a ellos como si temiera que el suelo se moviera repentinamente bajo sus pies y la tragara. Gwen había sentido lo mismo después de la muerte de Gabe, como si la tierra bajo sus pies pudiera convertirse inesperadamente en arenas movedizas.

El pelo de Lacey estaba despeinado, con las puntas moradas enredadas. El hematoma alrededor del ojo se había desvanecido, pero las ojeras se habían vuelto aún más oscuras.

Lacey levantó una mano en señal de saludo cuando se detuvo frente a ellos, pero no habló.

Jay, siempre diplomático y con experiencia tratando con la gente en el peor momento de sus vidas, se levantó y puso un brazo alrededor de los hombros de la frágil joven. Ella se volvió hacia su hombro y sollozó.

Gwen no sabía qué hacer. Se levantó y fue a darle una palmadita en la espalda a Lacey. Jay le hablaba de forma tranquilizadora, pero Gwen no podía captar las palabras. Después de un rato, los sollozos se calmaron.

—Lo siento—, le dijo Lacey a Jay, dando un paso atrás, viendo las manchas en su camisa donde habían caído sus lágrimas.

—No te preocupes por eso—, dijo él, sonriéndole suavemente. —Forma parte del proceso del duelo—. En un tono más solemne, le dijo: —Si estás preparada, podemos ir a mi despacho y hablar de lo que quieres que se haga por Donald. Pero antes, Gwen quiere hablar contigo unos minutos. ¿Te parece bien?

Lacey asintió y dirigió hacia ella los mismos ojos de cachorro triste que habían convencido a Gwen de contratarla.

—Siéntate, por favor—, le dijo Gwen, señalando una silla.

Lacey se sentó y cruzó las manos en su regazo. Gwen se sentó en la silla de al lado y puso una mano en su delgado antebrazo.

—De nuevo, quiero darte mis condolencias por tu pérdida.

Lacey asintió, con los ojos concentrados en el suelo.

— ¿Tienes algún familiar o amigo que te pueda ayudar? —continuó Gwen.

Lacey negó con la cabeza.

— ¿Qué hay de Donald? He oído que tiene un hermano.

Al oír esto, Lacey levantó la cabeza para mirar directamente a Gwen, lanzándole una mirada de desconcierto. —Donny no tiene un hermano.

Gwen se recostó en la silla. —He oído que su hermano se puso en contacto con la oficina del sheriff.

No le dijo a Lacey que el motivo del hermano para ponerse en contacto con ellos era preguntar cómo conseguir las cosas de la víctima. Si a este hermano no le gustaba Lacey, tal vez esa era la razón de su negación. Pero ¿no era necesario que el hermano conociera a Lacey para que le cayera mal? Deseó haber pensado en preguntarle a April el nombre del hermano.

La genuina sorpresa de Lacey convenció a Gwen de que Lacey no mentía cuando negaba la relación familiar.

—Donny no tenía un hermano—, repitió Lacey.

—Pero tal vez Donny no te contó sobre...

— ¡No tenía un hermano!

—De acuerdo, entonces—, dijo Gwen, dejando de lado el tema. —Lo que tengo que preguntarte, y me disculpo por el momento, es si todavía piensas volver a trabajar. No estaba segura de si pensabas quedarte en la zona. Si no, necesito encontrar a alguien que me ayude.

—Sí, voy a volver—, dijo Lacey con énfasis.

—Puedo conseguir a alguien que trabaje en tu lugar hasta...— Gwen hizo un gesto con la mano hacia el despacho de Jay y las salas de observación más allá, —después del funeral si necesitas tiempo—. Lo que no expresó fue la posibilidad de que Lacey fuera arrestada si se encontraban pruebas que la implicaran.

Esta vez los ojos de cachorro desaparecieron. —Estaré en el trabajo el martes. Es cuando abres de nuevo, ¿verdad?

—Sí, el martes.

—Necesito el trabajo—, explicó Lacey en voz baja. Se enjugó los ojos.

—Bien, te veré el martes por la mañana—, dijo Gwen, y se puso en pie.

—Gracias—, dijo Lacey con voz suave.

—De nada.

Jay había estado observándolas desde el interior de su despacho. Cuando Gwen se levantó, salió a su encuentro. —¿Lista? —le preguntó a Lacey.

Lacey se volvió hacia Gwen. —No sé qué hacer.

—Jay puede ayudarte con cualquier pregunta que tengas—, dijo Gwen, y se dio la vuelta para marcharse.

— ¿Gwen? —Lacey hizo una seña con un tono de voz lastimero.

Gwen se volvió.

— ¿Vas a estar aquí después? —Lacey volvió a echarle un vistazo al despacho de Jay y a las habitaciones que había más allá.

—Te espero—, respondió Gwen.

7

NIÑOS DE ACOGIDA

Jay y Lacey estuvieron un buen rato en su despacho con la puerta cerrada. Mientras esperaba, Gwen hojeó las revistas apiladas en la mesa de centro. La actualidad de las revistas de noticias estaba muy desfasada. Finalmente, se decidió por una revista regional con historias y fotos coloridas de la vida silvestre de Wyoming.

Estaba leyendo una receta de chili de judías blancas cuando, por fin, se abrió la puerta del despacho. Lacey parecía igual de delgada y desaliñada que antes, pero ahora parecía más decidida.

Jay recogió los documentos de la impresora que había cobrado vida mientras Gwen esperaba. Golpeó la pila sobre el escritorio de la recepcionista para alinear las páginas, grapó una esquina y le entregó el paquete a Lacey.

—Aquí está el desglose de costes del que hablamos. Podemos aceptar un cheque, tarjeta de crédito o acordar los pagos, lo que prefieras.

—Me adelantaré y pagaré en efectivo—, le dijo Lacey, tomando los documentos. —Si te parece bien.

Gwen, que escuchaba a medias, se animó.

¿Cuánto cuesta ahora un funeral? El de Gabe costó más de 5.000 dólares, y eso fue hace años.

Además de las facturas médicas de su enfermedad, los gastos del funeral habían puesto a prueba sus ahorros. El seguro de vida de Gabe había servido de ayuda, pero pasaron un par de meses antes de que el papeleo estuviera listo y ella hubo recibido los fondos. ¿De dónde sacaba Lacey, que Gwen siempre suponía que estaba a punto de ser desahuciada, el dinero suficiente para pagar el funeral? ¿Tenía Donald un alijo escondido en alguna parte? ¿Podría ser el dinero un motivo para el asesinato, además del abuso doméstico?

Mientras Gwen esperaba a que Jay y Lacey terminaran, se inventó excusas en su cabeza para que la conversación con Lacey fuera corta: que tenía cosas que hacer en casa, que había quedado con una amiga, o la verdadera, que tenía hambre, que estaba agotada y que sólo quería volver a casa para leer un libro y acostarse pronto.

Ahora sentía curiosidad, no sólo por saber por qué Lacey quería hablar con ella, sino también por el supuesto alijo de dinero para pagar el funeral. Que Dios la ayude, su curiosidad gatuna volvía a meter su peluda nariz en su cerebro.

Fuera de la funeraria, el sol colgaba bajo en el cielo, y el aire se había enfriado.

— ¿Tienes hambre? —Gwen le preguntó a Lacey.

—Un poco—, respondió ella. —No he tenido mucho apetito desde, bueno, ya sabes.

—Hay un restaurante cerca que sirve una sabrosa sopa de cebolla francesa y pan casero. ¿Te parece bien?

Lacey aceptó y siguió a Gwen por la calle hasta el restaurante.

Además de los fondos inexplicables, Gwen sentía curiosidad por la negación de Lacey de que Donny tuviera un hermano. También se preguntaba qué le habría contado April a Lacey sobre la investigación del asesinato de Donny.

¿Y qué hay del rumor de un laboratorio de metanfetamina en el granero donde murió Donny? Tantos rompecabezas por resolver.

En el restaurante, Gwen y Lacey pidieron la sopa. Gwen añadió una ensalada a su pedido y Lacey pidió patatas fritas. Cuando la camarera se marchó, Gwen metió una pata del gato en el charco de curiosidades.

— ¿Los ayudantes del sheriff te han dicho algo sobre los sospechosos de la muerte de Donny? —Gwen preguntó.

Lacey bebió un trago de agua, el líquido onduló en su mano temblorosa. Frunció el ceño hacia Gwen. —Ayer me hicieron muchas preguntas.

— ¿Los inspectores?

—Sí.

— ¿Qué tipo de preguntas? —Preguntó Gwen.

Lacey tenía una expresión sombría en su rostro. —Preguntas como si pensaran que yo lo hice... que yo maté a Donny.

En la oscuridad, justo antes de que Gwen se durmiera la noche anterior, el mismo pensamiento se había colado en su mente. Tenía sentido, el ojo morado era una prueba de que habían discutido. Gwen recordaba lo nerviosa que había estado Lacey antes de encontrar el cadáver. Eso, junto con las drogas, y toda la violencia que conllevaba. Además, la 22 era una pistola pequeña como la que podría llevar una mujer.

Lacey y Donny no llevaban mucho tiempo en Dubois. Puede que se hubiera convertido en un enemigo local, pero ¿habían estado en la ciudad el tiempo suficiente como para que la ira de ese enemigo se enconara lo suficiente como para matar? Fabricar, vender y consumir drogas ciertamente traería malas compañías a la mezcla.

—Crees que lo hice, ¿no? —Lacey siseó.

Gwen se dio cuenta de que llevaba tanto tiempo dándole vueltas a esa posibilidad en su mente que Lacey supuso que Gwen la consideraba cierta. Culpable de los cargos.

Lacey tiró la servilleta sobre la mesa y comenzó a levantarse.

—Lacey, por favor, no te vayas—, dijo Gwen, acercándose a ella. —Me sorprendió que te acusaran, eso es todo.

Era una mentirijilla piadosa, pero no podía controlar por dónde vagaban sus pensamientos a altas horas de la noche.

Lacey volvió a sentarse. Gwen no estaba segura de que Lacey aceptara su respuesta, o si se debía a que la camarera estaba poniendo sobre su mesa los humeantes tazones de sopa, perfumados con caldo de carne sazonado, cebollas doradas y pan de queso derretido.

—Supongo—, dijo Gwen después de que la comida estuviera lista y la camarera se hubiera marchado, —que el sheriff debe haberte descartado si no te han arrestado todavía.

—Después de que me acusaran del asesinato, les dije que no iba a hablar más con ellos sin la presencia de mi abogado. Después de eso me dejaron ir.

Gwen no podía evitar admirar a la joven. Dudaba de que tuviera la presencia de ánimo necesaria para detener el interrogatorio, aunque ¿acaso los culpables no pedían siempre un abogado en los programas de televisión?

— ¿Quién crees que querría hacerle daño a tu novio?

Lacey se llevó los dedos a los labios, y Gwen observó cómo las diferentes emociones bailaban por su cara. Finalmente, Lacey se encogió de hombros, cogió una patata frita y la mojó en un charco de ketchup.

—No lo sé—, respondió ella.

Gwen pensaba lo contrario. Lacey estaba ocultando algo. Especialmente después de decirle a Jay que tenía dinero para pagar el funeral.

Utilizó la cuchara para cortar un trozo de queso y pan, cogió una cucharada de sopa y se la llevó a la boca. Al masticar, pensó, *también podría meterme en aguas más profundas*.

—He oído decir que Donny llevaba drogas encima—. Tomó una segunda cucharada de sopa y dejó que la frase colgara en el aire.

—Donny no consumía drogas. Y yo tampoco—. Esto lo dijo Lacey con énfasis.

Gwen dejó que el silencio se extendiera.

Lacey lo rompió primero. —Escucha, normalmente no vomito mi historia personal, pero sé lo que la gente está diciendo, y no, bueno, no quiero que pienses que estábamos metidos en esa mierda.

Lacey se colocó un mechón de pelo detrás de una oreja y respiró profundamente. —Donny y yo nos conocimos en una casa de acogida. Mi madre tenía problemas. Bebía mucho. Mi padre, bueno, nunca lo conocí. De todos modos, el Servicio de Protección de Menores me acogió después de que mamá y uno de sus novios tuvieran una gran pelea, y la policía viniera y viera el estado de la casa. Desde que tenía siete años, pasé de una familia de acogida a otra. Al final, el juez dijo basta y le quitó los derechos. No he visto a mi madre desde que tenía doce años más o menos.

—Conocí a Donny cuando vino a vivir a mi última casa de acogida. Los dos estábamos a punto de alcanzar la mayoría de edad. Ya sabes, ¡puf!, chasqueó los dedos, cumplir dieciocho años y estar por tu cuenta. Donny, al igual que yo, estuvo entrando y saliendo de hogares de acogida la mayor parte de su vida. Él es... era quiero decir—. Ante el cambio de tiempo de Donny en el presente a Donny en el pasado, Lacey se llevó una servilleta a los ojos.

Gwen pensó que iba a llorar, pero al cabo de un minuto Lacey volvió a dejar la servilleta en su regazo y continuó.

—Donny cumplió los dieciocho años antes que yo. Alquiló un apartamento en Casper y, cuando yo cumplí los dieciocho, me uní a él. Lo que intento decir es que nuestros padres eran borrachos y drogadictos. Odiamos la droga, odiamos la forma en que arruinó sus vidas y las nuestras. Ninguno de nosotros se involucraría en eso después de pasar por toda esa mierda.

La historia de Lacey, y de Donny, era más complicada de lo

que Gwen creía al principio. Pensó que Lacey le estaba diciendo la verdad, pero aún quedaba por descifrar la bolsita en su bolsillo y el dinero inexplicable. Cambió de tema.

—Entonces, ¿tú y Donny vinisteis a Dubois desde...?

—No directamente aquí.

— ¿Qué tipo de trabajo hacía Donald? —Preguntó Gwen.

—Llevar el ganado, cultivar, poner vallas, cualquier trabajo que fuera necesario.

Comieron el resto de la comida en silencio. Eso le dio a Gwen tiempo para pensar, y la chica necesitaba comer.

Lacey estaba ocultando algo sobre quién o por qué fue asesinado Donny. Donny podría haberle ocultado secretos a Lacey. No habría sido la primera vez que un miembro de la pareja ocultaba malas acciones a la persona que decía amar. *¿No eran los hijos de alcohólicos y adictos propensos a volverse adictos? Y ¿qué decir del hombre que decía ser el hermano de Donny?* Estas preguntas necesitaban respuestas, pero tendrían que guardarse para otro día.

—Llámame si necesitas algo, y te veré el martes por la mañana—, le dijo Gwen a Lacey cuando terminaron, y pagó la cuenta.

8

———

DILUIR

Fiel a su promesa, Lacey llamó a la puerta de la cafetería el martes por la mañana temprano, a las 5:40.

—Supongo que tenías razón—, refunfuñó Mack mientras Gwen iba a dejar entrar a Lacey.

La mayoría de los días, Gwen y Mack llegaban poco después de las cinco. Este martes, como de costumbre, Gwen había servido dos tazas de café y fue a sentarse junto a Mack en el mostrador. Él estaba trabajando en el horario del personal de cocina para la próxima semana, pero se detuvo cuando Gwen se deslizó en un taburete del mostrador.

—Entonces, ¿tu cuñada sheriff ya resolvió el asesinato? —Preguntó Mack.

Gwen se frotó el cuello para eliminar las contracturas. —Todavía no, pero cené con Lacey el domingo por la noche. A veces parece culpable, pero hay más en ella de lo que pensé al principio.

— ¿Cómo? —Preguntó Mack.

—Dijo que ella y Donald eran niños de acogida, se conocieron en uno de sus hogares de acogida. ¿Sabías que después de que un niño de acogida cumple dieciocho años, crece fuera del sistema?

—Es una manera difícil de entrar en la edad adulta—, respondió Mack, poniendo su taza de nuevo en el platillo.

—Sí, un día tienes un techo y comida para comer. Luego, te cantan el feliz cumpleaños y *pum,* te quedas en la calle.

—Yo pasé del instituto al ejército—, le dijo Mack, recogiendo el programa en el que había estado trabajando. —Un gran salto, pero por lo menos tenía un catre y tres calzones. Veo a muchos chicos que salen pronto por su cuenta. A veces es demasiado para manejar, y se dan a la bebida o las drogas.

Gwen miró su reloj y recogió sus tazas. —Cuanto más veo a Lacey, menos creo que consuma drogas o cualquier otra cosa.

— ¿No dijiste que habían encontrado una bolsita de droga en el bolsillo del novio muerto? —preguntó Mack, haciendo rodar la agenda en su puño.

—April dijo que habían encontrado algo, pero ¿no suena demasiado conveniente?

Eso no es lo único demasiado conveniente, reflexionó Gwen mientras llevaba sus tazas sucias a la cocina.

Recibieron una llamada anónima sobre un muerto de alguien que colgó antes de identificarse. Ese alguien espió por casualidad un cuerpo a través de una ventana en un lugar donde no tenía nada que hacer. Había un supuesto hermano que Lacey negaba que existiera. Y Lacey ocultaba algo, eso lo sabía Gwen con seguridad. Al fin y al cabo, ¿de dónde había salido el dinero para pagar el funeral?

Gwen se dio cuenta de que el hematoma estaba casi curado cuando Lacey volvió de la trastienda, atándose un delantal a la cintura. Seguía teniendo un aspecto atormentado, pero su mandíbula estaba decidida.

—Ves, te dije que estaría aquí—, le dijo Lacey desafiante.

A Gwen le gustaba esa chispa. En algún momento de su difícil infancia, Lacey había desarrollado resistencia.

Será difícil durante un tiempo, pero estará bien.

—Sólo dudé durante un breve segundo—, respondió Gwen, sonriendo.

La mañana fue bastante ajetreada. Además de sus clientes habituales, llegaban turistas deseosos de escapar de los confines de sus casas ahora que la nieve se había derretido. Más adelante, en primavera y verano, llegarían más visitantes para visitar los Tetons y el parque de Yellowstone. Gwen estaba agradecida. Había sido un invierno muy frío, y necesitaban el negocio. Anna llegó a las 11:00 para ayudarles con el almuerzo. Gwen fue a decirle a Lacey que se tomara un descanso, pero antes de que pudiera hacerlo, Lacey se acercó a ella.

—Gwen, ¿te importa que hoy me vaya un poco antes? —preguntó Lacey, escurriendo el trapo con el que había estado limpiando las mesas.

Gwen levantó una ceja.

—Quiero decir, si me necesitas, puedo quedarme, pero se supone que debo recoger las cenizas de Donny, y el Sr. Marker dijo que tiene un funeral esta tarde a las 2:00. No quiero, ya sabes, interrumpir a la familia.

Gwen miró las mesas medio vacías antes de responder. —Si no estamos ocupados a la 1:00 puedes ir. Supongo que como hemos tenido tantos clientes en el desayuno, el almuerzo puede ser tranquilo.

—Gracias—, contestó Lacey, todavía retorciendo la tela entre sus manos.

Como se preveía, tuvieron pocos clientes para la hora del almuerzo y pronto Gwen le dijo a Lacey que se adelantara y fichara.

—Hasta mañana—, le dijo Gwen a una distraída Lacey, quien saludó de espaldas mientras salía por la puerta, y Gwen sospechó que luego habría lágrimas. Tendría que preguntarle mañana si iba a haber un servicio fúnebre.

Recoger una urna de cenizas puede haber respondido a una

pregunta que daba vueltas en la cabeza de Gwen. ¿Cuánto cobraba Jay por la cremación y una simple urna? Mucho menos de lo que había costado el servicio de Gabe. Tendría que preguntárselo a Jay. No directamente sobre el coste del funeral de Donald, ya que Jay nunca revelaría detalles como ése, sino información general. Gwen podría preguntarle eso. Incluso mejor, Gwen podría invitarlo a cenar. Les daría la oportunidad de ponerse al día.

El miércoles empezó igual que cualquier otro día, salvo que Lacey llegó al trabajo incluso antes de las 5:45 de la mañana.

Después de que Lacey se pusiera el delantal, Gwen, demasiado curiosa para esperar más, preguntó: — ¿Planeas un servicio fúnebre para Donald? No te he oído mencionar nada. Lo pregunto por si necesitas un día libre.

Gwen ya sabía la respuesta, ya que había cenado con Jay. Sin embargo, quería ver qué diría Lacey.

Lacey sacudió la cabeza con tristeza. —Sólo estábamos Donny y yo. Hacía años que no hablaba con su madre, desde que el Servicio de Protección de Menores se lo llevó. Ni siquiera sé dónde vive. Nunca supe el nombre de su padre. Donny sólo lo llamaba el donante de esperma. Ya hablé con la familia de acogida donde nos conocimos. La madre y yo seguimos en contacto, de alguna manera. Dijeron que acaban de recibir un nuevo niño. Es discapacitado, esclerosis múltiple, creo, así que les resultaría difícil viajar hasta aquí para el funeral—. Se encogió de hombros. — ¿Quién más hay?

Gwen pensó de nuevo en los niños desarraigados, empujados por la puerta y a los que se les dice que encuentren su camino. Eso la entristecía. Sus padres habían fallecido hacía tiempo, pero tenía un hermano en Colorado Springs y varios primos. Y, por supuesto, April era de la familia, al igual que su hija, Jackie, y su familia en Colorado.

— ¿Qué hay de un servicio de entierro? Tienes sus cenizas, ¿verdad?

Con un aspecto sombrío, Lacey se recogió el pelo oscuro con las puntas moradas en una coleta en la parte posterior de la cabeza y la aseguró con una goma para el pelo.

—Ahora mismo, no tengo dinero para una parcela donde enterrarlo. El alquiler vence pronto, y ahora sólo soy yo la que trata de pagarlo. A Donny se le debe su última paga, pero me han dicho que como no estábamos casados, no puedo reclamarla. Su jefe dijo que tendría que ir a su patrimonio—. Lacey soltó una carcajada aguda. —Si no puedo permitirme un lugar para enterrar su urna, seguro que no puedo permitirme un abogado para reclamar su último cheque.

—Sé que lo he mencionado antes, pero he oído que el hermano de Donny se puso en contacto con el sheriff para reclamar las pertenencias de Donald—, dijo Gwen. —Dices que los dos estabais en una casa de acogida. ¿Podría haber un hermano con el que perdió el contacto?

Lacey entrecerró los ojos y dijo con decisión: —Como te dije, Donny era hijo único. Si hay algún medio hermano por parte de su padre, ninguno de nosotros lo sabía.

Entró un cliente, la campana que colgaba de la puerta anunció su llegada. A continuación, llegó una pareja y, luego, entraron más clientes hambrientos. Cualquier otra pregunta que tuviera Gwen se perdió en la ajetreada mañana.

Cuando Gwen llegó a casa esa tarde, llamó a April.

— ¿Cómo va todo? — Preguntó April.

—Como siempre—, respondió Gwen. —Ocupada en el trabajo y, luego, estoy en la cama antes de las nueve.

—Emocionante—, rio April. —Se parece mucho a mi vida, sólo que con más papeleo.

—No te olvides de los chicos—, añadió Gwen.

—Claro, cómo olvidar el ruido y el «oye, mamá, ¿qué hay de cena?». Pero no me gustaría que fuera de otra manera—. April suspiró de esa manera feliz y agotada que hacían las madres. —¿Cómo está esa chica, Lacey?

Gwen la puso al corriente de los últimos días y, luego, dijo: —Me toca preguntar. ¿Cómo va el caso?

—Jay envió muestras de tejido a nuestro laboratorio forense estatal para comprobar si hay drogas. Las pruebas de toxicología llevan tiempo, así que aún no hay nada al respecto. Recuperamos fragmentos de bala. El laboratorio estatal los está analizando y pasando los datos por diferentes bases de datos para buscar una coincidencia. Tampoco se sabe nada de eso todavía.

— ¿Todavía consideras a Lacey como posible sospechosa? —Gwen preguntó.

April hizo una pausa y, luego, respondió: —Todavía está en nuestro radar, pero tengo reservas.

—Yo también—, coincidió Gwen. —Estaban los dos solos, y parece que se preocupaban el uno por el otro, incluso teniendo en cuenta el ojo morado. Además, les costaba a los dos llegar a fin de mes. ¿Cuál es el motivo?

—El ojo morado sería mi motivo—, bromeó April. —Pero tienes razón, parece una reacción exagerada y, por supuesto, no conocemos toda la historia.

—Y por lo que he experimentado con Lacey, es más probable que se refugie en sí misma a que arremeta contra otro.

—De acuerdo—, respondió April. —Pero ya me han sorprendido antes.

Examinada esa parte del caso sin ninguna conclusión, Gwen cambió de dirección. — ¿Terminaste de analizar lo que había dentro de la bolsita que encontrasteis en el bolsillo de Donald?

—Metanfetamina—, respondió April.

Gwen se lo pensó un momento. La metanfetamina era común en la zona, y la fábrica de rumores todavía especulaba sobre si Donald fabricaba drogas en el granero. Antes de que pudiera formular la pregunta, April continuó. —Lo extraño es que la metanfetamina tenía una potencia increíblemente baja. Había sido cortada, y mucho.

— ¿Con qué?

—Fórmula láctea para bebés—, dijo April con un bufido.

— ¿Fórmula en polvo? Eso es, no sé, extraño—. Gwen no quiso examinar demasiado la dinámica familiar de cocinar metanfetamina y luego tener a mano una lata de leche de fórmula para bebés con la que diluirla.

—No es tan inusual—, continuó April. —Es uno de los varios agentes que encontramos añadidos a la metanfetamina y no es el más peligroso. He visto de todo, desde polvos de talco hasta fentanilo. Lo que es inusual es la proporción. Con tanta dilución, no daría mucho de sí.

— ¿Crees que Donald lo descubrió, pidió que le devolvieran el dinero y le dispararon?

—Ese podría ser un escenario. También podría ser que alguien quisiera tenderle una trampa, pero no quisiera usar demasiado de su suministro de drogas para hacerlo. Ya te digo, Gwen, que mucho de esto no tiene sentido.

— ¿Cómo es eso?

—Hicimos un registro de su propiedad, casa y granero, pero no encontramos ninguna otra droga ni parafernalia. Y, a pesar de los rumores, no encontramos ningún equipo o suministro para la fabricación de drogas. Luego, está la llamada anónima informando de un cadáver. Han visto su casa, alejada de la carretera y rodeada de bosques. ¿Parece una zona por la que alguien pasaría sin más?

—No. ¿Le preguntaste a la persona que llamó sobre eso?

—No podemos encontrarlo. El teléfono que usó era de usar

y tirar, y no hemos podido rastrear quién lo compró. Otra cosa, y tienes que ser una tumba.

—No hay problema, ya sabes que nunca suelto nada de lo que me dices en confianza—, le aseguró Gwen.

—Bueno, encontramos un montón de sangre vieja en el granero. Parte de ella parece haber sido limpiada, pero también encontramos algo más nuevo escondido bajo el heno suelto.

Gwen había estado sosteniendo el teléfono entre el hombro y la oreja mientras se afanaba en la cocina preparando algo para comer. Al mencionar la sangre, se hundió en la silla de la cocina. Se le revolvió el estómago y pensó que iba a vomitar. ¿Qué demonios habían hecho Lacey y Donny?

—No es humano—, añadió April.

Las náuseas de Gwen se calmaron un poco.

—Algún tipo de animal. Todavía estamos examinando para ver qué tipo.

— ¿Fresco? — Preguntó Gwen. Wyoming era un lugar de caza salvaje. No era raro que los lugareños limpiaran ciervos, alces, berrendos y otras piezas de caza en sus garajes o graneros. —Ahora no es temporada de caza. ¿Podría ser del otoño pasado?

—Es difícil de decir. Podría ser que hayan matado a un ciervo o algo así al final de la temporada. En un granero sin calefacción, la sangre se congelaría y seguiría pareciendo relativamente fresca la siguiente primavera.

—Normalmente, los cazadores limpian la sangre y las cosas cuando terminan, no las entierran bajo el heno. Así no atraen a las alimañas y quién sabe qué más—, añadió Gwen.

—Exacto.

No hubo respuestas sobre quién mató a Donald, sólo más preguntas. Gwen y April hablaron un poco más sobre temas más agradables y, luego, terminaron la llamada.

Gwen se llevó la comida al salón y comió mientras veía la televisión. Llamó a Jay y hablaron un rato. Después, se fue a la cama con los ojos apenas abiertos.

9

TUMBONA EN EL APARCAMIENTO

El jueves comenzó como la mayoría de las mañanas: Lacey entró a trabajar, los clientes llegaron, y el aroma del tocino cocinado y el café preparado llenaba el aire. El nerviosismo de Lacey estaba hoy a flor de piel. Gwen habría sospechado que tenía TDAH, trastorno por déficit de atención e hiperactividad, si no fuera porque había visto la absoluta quietud de Lacey cuando se concentraba por sí misma. Gwen se había dado cuenta de que la inquietud era el estado normal de Lacey, y su verdadero estado de ánimo podía calcularse en las diferencias con respecto a esa norma.

Hoy su nivel de inquietud era alto: retiraba los platos sucios antes de que el cliente pasara por la caja registradora, se ponía de pie sobre un pie, y luego sobre el otro mientras esperaba para tomar un pedido, rellenaba tazas de café, se estremecía cada vez que un vehículo atravesaba el terreno de grava.

— ¿Necesitas un descanso, Lacey? —preguntó Gwen después de ver a Lacey cambiar de un pie a otro y sospechar que podría necesitar ir al baño.

—No, gracias. Estoy bien—, le dijo Lacey, con una sonrisa en la cara.

Poco antes de que empezara a llegar la gente del almuerzo, Gwen se dio cuenta de que una Lacey de rostro pálido observaba a un joven apoyado en el guardabarros de su coche. No había nada fuera de lugar. El chico iba vestido con unos vaqueros azules y una camisa de franela, lo que era habitual en Wyoming. Llevaba una gorra con el logotipo de una empresa agrícola local. Parecía estar relajado, excepto por la forma en que se apoyaba en su coche.

Lacey se puso de pie para poder observar al hombre, pero lo suficientemente lejos de la ventana como para que él no pudiera verla.

Gwen se acercó a ella y le preguntó: — ¿Lo conoces?

Lacey dio un respingo y empezó a limpiar la mesa, que ya estaba impecable.

— ¿Lacey?

Con un chasquido furioso de la muñeca, Lacey arrojó el paño del bar hacia la cafetera que ocupaba buena parte del espacio del mostrador trasero.

Se volvió hacia Gwen, cruzó los brazos sobre el pecho y susurró: —Es uno de los amigos de Donny. Anoche vinieron a pedirme prestado su camión y el remolque de ganado.

— ¿Se los dejaste? —Preguntó Gwen.

—Diablos, no. Eran amigos de Donny, no míos, y no confío en ellos. Además, las cosas de Donny no son más mías para prestarlas o para que ellos las tomen prestadas. Ahora, aquí está uno de ellos tratando de intimidarme para que les deje usar el camión. ¿Sabes lo que pienso? Creo que, si le diera las llaves, no volvería a ver el camión de Donny ni el remolque.

Los clientes empezaron a llegar para almorzar, la camarera del turno de noche entró, y Gwen pensó en el hombre que se había trasladado para sentarse en un camión aparcado dos espacios más abajo del coche de Lacey. También pensó, mientras atendía a los clientes, en el supuesto hermano que había ido a la oficina del sheriff queriendo recoger las posesiones de Donny. Cuando tuvo un minuto libre, se coló en la oficina de atrás para hacer una llamada.

—Sheriff Erickson—, anunció April cuando respondió.

—Hola, April, soy Gwen. ¿Recuerdas cuando dijiste que el hermano de Donny vino a la estación pidiendo ayuda para recoger sus cosas?

—Lo recuerdo.

—Tengo un tipo fuera del restaurante rondando el coche de Lacey. Dice ella que es uno de los amigos de Donald. Le pidieron prestados su camión y su remolque anoche, y ella teme que se los lleven y desaparezcan. ¿Tienes una descripción de este supuesto hermano?

—No hablé con él. Dame un minuto y preguntaré por ahí. Te volveré a llamar.

Los asistentes al almuerzo vinieron, pidieron, comieron, pagaron y se fueron.

Entre la espera de las mesas, Gwen se quedó en la cocina y comió el especial de pastel de carne.

Hacia el mediodía, otra camioneta entró en el aparcamiento y estacionó junto al hombre que desde entonces había ido a posarse en el capó del coche de Lacey. Hablaron durante unos minutos y, luego, el que se posó en el capó se deslizó en el asiento del pasajero de la segunda camioneta y se marcharon. Treinta minutos más tarde estaban de vuelta. Parecía que estaban comiendo y bebiendo algo, con las puertas del camión abiertas al aire de la primavera. Mientras tanto, observaban a la gente moverse dentro del restaurante.

Al ver que los hombres no tenían intención de marcharse, Gwen hizo que Lacey atendiera las mesas más alejadas de las ventanas mientras ella tomaba las más cercanas.

Gwen podría haberle pedido a Mack que tuviera una charla con ellos sobre dejar sus coches allí en el aparcamiento, pero Mack tenía el día libre hoy. Chuck se encargaba de la parrilla esta mañana y, aunque era resistente y estaba dispuesto, tenía más de sesenta años, y Gwen no quería ponerlo en esa situación.

Finalmente, April volvió a llamar. —Hablé con nuestra despachadora de turno el día que llegó el hermano de Donny. Hoy está libre, pero la recogí e hicimos un recorrido en coche. Los chicos estaban sentados en el camión así que ella no pudo verlos bien. Déjame dejarla en casa, tiene que llevar a uno de sus hijos a una cita con el médico, y volveré. No hay mucho que pueda hacer salvo ahuyentarlos si no molestan a nadie, pero puedo parar y preguntar si tienen problemas mecánicos.

—Tengo una idea mejor—, le dijo Gwen. —Lacey y yo salimos en unos minutos. Normalmente, me quedo para hacer la contabilidad. Creo que hoy sería un buen día para pescar. Mi Jeep está aparcado en la parte de atrás. Lacey y yo podemos escabullirnos por la puerta trasera y salir sin que se den cuenta. Puedo llevarla a casa, o si quiere, puede ir a pescar conmigo un rato. Después... no lo sé. Veré lo que quiere hacer.

—Buena idea. Envíame un mensaje de texto unos minutos antes de que salgas, y me pasaré para preguntar si tienen problemas con el coche, para cubrirte. Será un buen momento para aprender más sobre esos dos.

Gwen le explicó el plan de fuga a una aliviada Lacey. Cuando Gwen mencionó la pesca, se sorprendió al escuchar que Lacey estaba ansiosa por acompañarla.

—Conozco un buen lugar para pescar truchas con mosca en el río Wind—, le dijo Gwen. —Tengo equipo extra que puedes usar; no pude conseguir que mi hija se interesara cuando era pequeña.

—A una de mis familias de acogida le gustaba acampar y pescar—, explicó. —Siempre me gustó estar al aire libre. Y mi padre de acogida me enseñó a limpiar el pescado—, añadió y, luego, le dedicó una sonrisa a Gwen. La sonrisa era una rareza, y reforzó la convicción de Gwen de que los duros golpes de la vida habían dotado a la niña de resiliencia.

A pesar de toda la trama, el plan de fuga no fue necesario después de todo. Cuando April entró con su coche patrulla en el aparcamiento, los dos hombres se habían marchado.

—Mierda—, les dijo April cuando entró. —La etiqueta de su vehículo estaba embarrada la primera vez que pasé, así que no pude verla claramente desde la carretera.

Gwen seguía sintiéndose cauta. Inspeccionó el aparcamiento y, luego, salieron por la puerta trasera, caminando entre los contenedores de basura y la pared del restaurante hasta el Jeep. En el interior, Lacey se desplomó para que su cabeza quedara debajo de la ventanilla. Permaneció así hasta que se acercaron a la casa de Gwen.

Cuarenta y cinco minutos después de llegar a la casa de Gwen, estaban en su lugar favorito junto al río Wind, ensartando moscas en sus cañas de pescar.

—Es bonito este lugar—, le dijo Lacey a Gwen mientras bajaban al agua.

En el bosque de sauces que había junto al agua brotó un nuevo follaje verde. Gwen respiró profundamente, el aire fresco con el aroma de la tierra caliente y la salvia.

—Mi difunto marido encontró este lugar—, le dijo Gwen. —Es difícil de encontrar a menos que sepas a dónde vas—. Lanzó su sedal por la parte superior del agua. Lacey la siguió, caminando por la orilla en dirección opuesta para que sus cañas no se enredaran.

Durante un rato, sólo el remolino del sedal y el gorgoteo de la corriente al pasar llenaron el aire.

—Tengo uno—, llegó un susurro ronco mientras la caña de Lacey se inclinaba hacia el agua.

Gwen cogió la red y fue a ayudarla a desenganchar el pez.

—Apostaría que pesa cerca de dos kilos—, dijo Gwen mientras metía la trucha en la red.

—La cena—, sonrió Lacey.

Gwen pensó que se veía tan diferente en este momento feliz, más joven y dulce.

Lacey limpió el pescado y lo metió en la nevera que había traído Gwen. Siguieron pescando con mosca durante un rato más, pero ninguna tuvo más suerte. Cuando Gwen volvió a mirar su reloj, eran casi las cinco y media. Había refrescado con el crepúsculo; el invierno todavía tenía un poco de control sobre el tiempo.

Cuando encontró a Lacey, Gwen vio que ya había colocado el gancho en la caña y se dirigía hacia el jeep. Gwen la siguió.

—He traído un termo de té caliente. Y también bocadillos—, le dijo Gwen a Lacey después de guardar su equipo y subir al vehículo.

—El té caliente suena muy bien—, dijo Lacey, con el castañeteo de sus dientes.

Gwen puso en marcha el Jeep para calentarlo mientras Lacey servía el té en tazas. Se sentaron en agradable silencio durante un rato, comiendo sándwiches y observando cómo los sauces se mecían con la brisa.

—Gracias, Gwen, por esto—, dijo Lacey al cabo de un rato, saludando al paisaje que había fuera de su ventana, —y por todo lo demás.

—De nada, Lacey.

—Quiero decir, bueno, Donny y yo no tuvimos mucha suerte con la forma en que crecimos. Al menos, podíamos confiar el uno en el otro. Ahora, no...— Lacey tomó un sorbo de té; sus manos rodearon la taza para absorber el calor.

Gwen dejó que la frase inacabada de Lacey se extendiera en el aire. Lo que Lacey dijo a continuación la tomó por sorpresa.

—Creo que Donny estuvo involucrado en algo antes de morir. Algo por lo que podría haber estado metido en problemas.

Gwen, con el bocadillo a medio camino de la boca, se volvió para mirar a Lacey.

— ¿Drogas? —preguntó.

—Drogas no, drogas nunca—, dijo Lacey con rotundidad.

Como si el tiempo de pesca, de descanso y de estar al aire libre la hubiera liberado, la historia salió a borbotones.

—Mierda—, dijo Gwen cuando Lacey terminó. Lo que había aprendido, lo que Lacey le había contado, ponía patas arriba todo lo que Gwen sabía.

El nerviosismo de Lacey cuando Donny desapareció, el hombre que decía ser su hermano, la sangre en el granero, el ojo morado de Lacey. Sabía lo que había que hacer, pero ¿estaría Lacey, alguien que había aprendido de niña que no se podía confiar en los adultos, dispuesta a seguir adelante?

—Mi cuñada...

—La Sheriff Erickson—, interrumpió Lacey.

—Sí, la sheriff. Necesita escuchar esto. Lo entiendes, ¿verdad? —Gwen preguntó.

—Lo haré, por Donny.

Lacey empezó a temblar de nuevo, así que se envolvió con sus delgados brazos. Gwen puso la calefacción al máximo. Fuera del Jeep, las sombras se hacían más profundas. Pronto se haría de noche. Los hombres que buscaban a Lacey estaban en alguna parte, y estaban muy lejos de conseguir ayuda si la necesitaran. Gwen puso el Jeep en marcha.

10

APOCALIPSIS

—Eso explica muchas cosas—, dijo April después de que Gwen se comunicara con ella por el móvil y le informara de lo que Lacey le había contado. — ¿Crees que está dispuesta a hablar con nosotros? De todas formas, ¿dónde demonios está?

—Justo aquí, a mi lado. Estamos en mi Jeep. Estábamos en el lugar de pesca favorito de Gabe. Estamos volviendo a la ciudad ahora.

—Oh, Señor, Gwen. ¿Con esos tipos acechando? Pásale el teléfono a Lacey para que pueda hablar con ella.

Lacey hablaba mientras Gwen conducía. Ahora que sabía lo que ocurría, cada haz de luz que se acercaba resplandecía ominosamente, y le preocupaba quién se escondía en la oscuridad fuera del alcance de la luz. Antes había sido divertido salir a escondidas del restaurante sin que los dos hombres que tenían secuestrado el coche de Lacey las vieran.

No es de extrañar que Lacey estuviera hecha un manojo de nervios, sabiendo lo que sabía ahora. Las luces de Dubois estaban delante. Gwen quería llamar a Jay, pero Lacey aún tenía su teléfono.

Lacey se quitó el teléfono de la oreja y le preguntó a Gwen.

—El sheriff ha preguntado si sabes dónde vive Todd McPherson, es el guarda forestal.

—Dile que sí.

Un minuto más de conversación entre Lacey y April.

—Quiere que nos reunamos con ella en casa del guardabosques. Lo está llamando ahora.

A Gwen le alivió un poco la tensión de no tener que atravesar la ciudad. El desvío a la casa de Todd estaba en las afueras del pueblo y se acercaban rápidamente.

Unos minutos más tarde, Gwen puso el intermitente, giró a la izquierda y condujo por un camino de asfalto que pronto cambió a grava. Por fin, giraron hacia el camino de Todd.

Para cuando salieron del vehículo, April estaba entrando por el largo camino detrás de ellas. Qué oportuno. Después de haber contado su historia dos veces ya, Gwen temía que Lacey se resistiera a tener que repetirla una y otra vez.

Mejor aún, las primeras palabras que salieron de la boca de Todd cuando les invitó a entrar fueron: — ¿Quieren un café?

Cuando el grupo se acomodó y se sirvió el café, se les unió el compañero de Todd, Mark Paterson. Gwen se sentó junto a Lacey en el sofá para ofrecerle apoyo si lo necesitaba, pero sobre todo para evitar que la chica saliera corriendo hacia la puerta. Esa era una posibilidad real, ya que podía sentirla temblando a su lado.

—Estás haciendo lo correcto tanto para Donny como para ti—, le susurró Gwen a Lacey, dándole una palmadita en la rodilla.

—Eso espero—, respondió Lacey con una débil sonrisa.

—Gracias por acceder a venir, Lacey—, comenzó April. —Estos son Todd McPherson y Mark Paterson. Son investigadores de Wyoming Fish and Game. Diles lo que me has contado.

Lacey respiró profundamente, y Gwen pudo notar como se armaba de valor.

—Donny no tuvo mucho trabajo este invierno, ya sabes, con el frío y la nieve y todo eso. Yo ayudé todo lo que pude, pero las cosas estaban mal. El verano pasado trabajó para un par de rancheros. Me dijo que había conocido amigos allí; John, recuerdo, era uno de ellos. No recuerdo si alguna vez dijo su apellido. De todos modos, salió con John y otro amigo algunas veces a trabajar. Donny no me contó mucho sobre lo que hacía, pero para entonces yo ya estaba ocupada trabajando en el restaurante.

Con gesto de mal humor, Lacey miró a la gente reunida en la sala.

La mirada fue respondida por todos con asentimientos alentadores.

—A veces llegaba tarde a casa, pero yo tenía que madrugar, así que muchas veces yo ya estaba dormida cuando volvía.

—Adelante—, dijo Todd, alentador.

—A Donny no le gustaba que yo o alguien más entrara en el granero. Por eso lo mantenía cerrado. Solía colgar la llave en el gancho de la puerta trasera. Un día se me pinchó la rueda del coche. Donny no estaba, así que cogí la llave y abrí el granero, buscando una de esas llaves para neumáticos, ya sabes, la que tiene forma de cruz.

El grupo asintió, pero nadie dijo nada. Gwen se dio cuenta de que todos se inclinaban hacia delante, asegurándose de captar cada palabra de la historia de Lacey.

—Cuando abrí la puerta y encendí la luz, descubrí un gran alce destripado colgando de un gancho de una de las vigas. Dios, ya había visto carnicerías antes, pero encontrármelo así de repente me asustó.

— ¿Cuándo fue eso? —Preguntó Todd.

—Fue en marzo, a finales de marzo.

—Fuera de la temporada legal—, declaró su compañero, Mark. — ¿Dijiste que uno de sus nombres era John?

—Sí.

— ¿Puedes describirlo? —preguntó Mark.

—Sólo vi a John una vez. Ninguno de los dos entró en la casa. Parecía un peón de rancho normal: pelo castaño, barba desaliñada como si no se hubiera afeitado en unos días, más alto que yo, pero la mayoría de la gente lo es. Nada diferente en la ropa, vaqueros como los que lleva casi todo el mundo.

— ¿Qué hay del segundo tipo? —preguntó Mark.

—A ese nunca lo vi de cerca, ni siquiera sé su nombre. Como dije, normalmente estaba en la casa o en la cama cuando venían.

Todd se volvió hacia Mark. — ¿Quiénes eran los cazadores furtivos que atrapaste en Montana?

—Jake Bryant y Robert McConnell. Eran los que dirigían las operaciones. No recuerdo que hubiera un John.

—Estos dos podrían ser nuevos—, supuso Todd.

—Podría ser—, añadió Mark.

—Continúa—, le dijo Todd a Lacey. — ¿Le preguntaste a tu novio qué estaba haciendo?

Lacey utilizó ambas manos para apartarse el pelo de la cara y, luego, mantuvo los dedos apretados contra sus sienes. —No de inmediato. Sabía que se enfadaría conmigo por mirar dentro del granero, sobre todo porque me confió la llave que colgaba de un gancho junto a la puerta trasera.

Gwen se preguntó si la discusión había incluido los puños de Donald. Eso explicaría el ojo de Lacey, quien se frotó el ojo izquierdo como si confirmara la sospecha de Gwen.

— ¿Y entonces? —preguntó Todd.

—Estaba en la cama una noche hace un mes más o menos cuando oí a Donny volver con el remolque. Una camioneta lo seguía. Sé que había dos personas en ella porque pude ver la silueta de dos cabezas cuando Donny dio marcha atrás con el remolque hasta la puerta del granero y sus faros captaron la camioneta.

—Encendí la luz del porche trasero y salí para ver qué pasaba, pero Donny se acercó a la casa y me dijo que volviera a entrar y le preparara un par de hamburguesas con queso, así que eso hice.

— ¿No miraste por la ventana? —preguntó el otro guardabosques.

—No. Tuve que usar el baño y vestirme. Luego, freí las hamburguesas de Donny y encendí la cafetera. La cocina está en el lado opuesto del granero. Cuando terminé, ya se habían ido. Le pregunté a Donny qué pasaba -continuó-, pero sólo me dijo que un par de tipos necesitaban guardar algunas cosas en el granero durante unos días, y no importaba lo que fuera. No sé qué pasó con la llave del granero después de eso.

Eso respondía a la pregunta que tenía Gwen cuando se descubrió el cuerpo de Donny; por qué Lacey no había buscado en el granero cuando Donny desapareció por primera vez.

— ¿Puedo usar tu baño, por favor? —Lacey le preguntó a Todd.

—Al final del pasillo, primera puerta a la derecha—. Todd señaló el pasillo oscuro.

Todd y Mark hablaron en voz baja mientras esperaban a que Lacey volviera. April aprovechó el tiempo para enviar mensajes de texto en su teléfono. Gwen deseaba estar de vuelta en casa.

Cuando Lacey regresó y se sentó, Mark le preguntó: — ¿Le pagaron a Donald por ayudar a los dos hombres? ¿Y les cobró por guardar sus cosas en el granero?

Lacey se metió las manos bajo las piernas mientras sus ojos rebotaban por la habitación, mirando a todas partes menos a Mark. Gwen esperaba que la chica nunca jugara al póquer. No sabía farolear ni una mierda.

—Como dije antes, me dijo que me ocupara de mis asuntos. Creo que sí consiguió algo porque de repente teníamos suficiente para cubrir el alquiler.

— ¿Pasó algo justo antes de que tu novio desapareciera? —preguntó April.

—En realidad no.

— ¿En realidad no? ¿Qué significa eso? —preguntó April.

—Donny quería que nos mudáramos—, respondió Lacy. —Yo no quería. Discutimos.

En ese momento, Lacey miró a Gwen.

— ¿Por qué mudarse? —preguntó April.

—No lo sé. Dijo que necesitaba encontrar un trabajo mejor, pero estaba muy nervioso y todo eso. Me fui a trabajar y, cuando llegué a casa, su camión no estaba.

Nadie dijo nada durante un rato. Gwen no estaba segura de que hubieran aprendido algo útil.

— ¿Y el granero permaneció cerrado? —, preguntó Todd.

—Sí.

Todd se volvió hacia April. — ¿Lo has registrado?

—Registramos el primer piso alrededor de donde se encontró el cuerpo. Una camioneta registrada a nombre de Donald Myers estaba aparcada dentro y también la registramos. La primera orden de registro no incluía la casa ni el remolque aparcado fuera. Volvimos al juez al día siguiente para pedir una orden que los cubriera.

— ¿Había un pajar? —Preguntó Todd.

April asintió. —Claro, pero el acceso era por una escalera desvencijada. La iluminación tampoco era la mejor. Steve, que es uno de mis ayudantes, subió para echar un vistazo, pero todo lo que vio fueron viejas balas de heno, del tipo rectangular, no como las que se hacen ahora con las balas redondas. A él le pareció que hacía tiempo que no había nadie allí arriba, así que volvió a bajar la escalera.

—Entonces, ¿hay electricidad en el granero? —Preguntó Gwen.

Lacey asintió.

April añadió: —Encendimos un fluorescente aéreo cuando estábamos buscando para que hubiera energía eléctrica. ¿Por qué?

Gwen pensaba en los veranos de su infancia, cuando solía

visitar a sus tíos en Nebraska. Tenían un gran granero, y sus primos mayores le habían enseñado a manejar el polipasto eléctrico montado en la pared que se utilizaba para subir el heno y las provisiones al palomar. Se habían turnado para montar en el cubo. Subían y bajaban, uno montando mientras el otro manejaba los controles que hacían funcionar el elevador, subiéndolo por la barandilla y llevándolo al palomar.

La mente de April debió seguir la de Gwen porque le dijo a Todd: —Creo que tenemos que hacer otro registro de la propiedad.

—Sí—, dijo Todd.

—Gwen—, dijo April, —puedes irte a casa mientras esperamos la orden de registro.

Volviéndose hacia Lacey, April dijo: —Lacey, puedo llevarte...— Se detuvo y frunció el ceño. —Maldita sea. No puedo impedir legalmente que te vayas a casa, Lacey, pero creo que es más inteligente que te quedes en otro sitio esta noche. Puede que los dos gamberros que rondaban tu coche sean sólo fanfarronadas, pero hasta que no sepamos quiénes son, es mejor que estés a salvo. ¿Tienes a alguien con quien puedas quedarte?

Dos pares de ojos, uno del azul de un cielo de verano escandinavo y el otro de un marrón intenso, se posaron en Gwen.

Gwen suspiró: —Está bien, está bien. Tengo una habitación libre. Podrías dormir conmigo esta noche.

Lacey parecía aliviada.

April dijo: —Gracias.

—Tengo un nuevo cepillo de dientes que puedes usar. Me lo dio el dentista la última vez que fui, pero aún no lo he abierto. Puede que tenga algunos pijamas viejos en alguna parte, también. ¿Necesitas algo de tu casa?

Lacey negó con la cabeza. —Puedo usar esta misma ropa para trabajar.

April dijo: —Lacey, si Gwen puede prescindir de ti un rato

mañana, me gustaría llevarte a la comisaría y enseñarte algunas fotos, a ver si puedes identificar a ese tal John.

—Cuando la necesites—, le dijo Gwen a April después de que Lacey asintiera.

Con los planes hechos, Gwen y Lacey siguieron el vehículo de April por el camino y salieron a la carretera. Gwen pasó por el restaurante de camino a su casa. El coche de Lacey seguía aparcado en el oscuro aparcamiento. Ambas inspeccionaron la zona, pero Gwen no pudo ver a nadie merodeando cerca. Sin embargo, esta noche sólo había una pizca de luna, y no quería descubrir quién o qué merodeaba en las sombras, así que dejaron el coche en el aparcamiento.

En la casa, Gwen le indicó a Lacey que se dirigiera a la habitación de invitados y, en un silencio exhaustivo, comieron tazones de carne caliente con fideos que Gwen había cocinado el día anterior.

Cuando terminaron, Lacey se fue al baño mientras Gwen metía en el congelador el pescado que Lacey había pescado. Después, Gwen apagó las luces y se fue a su dormitorio.

11

HUÉSPED DE LA CASA

—Es bueno que no se metieran con su coche anoche—, le dijo April a Gwen, señalando por la ventana del restaurante el coche de Lacey.

La sheriff había llegado a la cafetería poco antes de las diez de la mañana, y Lacey la seguía como una embarcación de recreo detrás de una lancha.

—Al menos no que podamos ver—, añadió, dirigiéndose a Lacey. —Haré que alguien de nuestro taller de mantenimiento venga a comprobar el capó antes de que lo conduzcas, para asegurarnos de que no hayan colocado un artefacto explosivo o hayan robado alguna pieza para dejarte tirada. Quédate aquí un par de minutos, Lacey, mientras hablo con la jefa.

Marilyn y una camarera sustituta, Gwen le había dado el día libre a Lacey previendo que la sheriff la necesitaría, ya estaban trabajando. Gwen le dijo a Marilyn que volvería en unos minutos, y ella y April bajaron por el corto pasillo hasta el despacho de Gwen.

— ¿Qué has encontrado? —le preguntó Gwen a April después de cerrar la puerta del despacho para darles intimidad.

—Dos grandes congeladores en el desván, detrás de una pared de heno—, comenzó. —Uno estaba lleno de carne envuelta. Todd y Mark dicen que lo más probable es que sea carne de caza, pero no pueden confirmar si es de alce, ciervo u oso hasta que hagan pruebas de laboratorio. El otro tenía el mismo tipo de carne envuelta, pero también contenía una cabeza de ciervo congelada con un inusual conjunto de cuernos.

April bostezó y se frotó los ojos enrojecidos. —Fue una noche muy larga. ¿Recuerdas a ese viejo ranchero que vivía al norte, cerca de Yellowstone? ¿El que se enfadó cuando un gran ciervo mulo con una cornamenta irregular al que le había echado el ojo desapareció de su propiedad?

—Lo recuerdo—, respondió Gwen. —Afirmó que unos cazadores furtivos se lo habían robado. Si no recuerdo mal, encontró sangre y un amasijo de vísceras junto a la carretera, pero los furtivos se habían largado.

—Ese es—, confirmó April. —Te apuesto mi próximo hijo a que el que encontramos anoche en el granero de Myers es el macho perdido.

Las cejas de Gwen saltaron hasta su frente. — ¿Tu próximo hijo? ¿Algo que hayas olvidado decirme?

— ¿Embarazada? No. Mis tres hijos son suficientes.

— ¿Aunque fuera una hija? —se burló Gwen, ignorando la negación de April.

—Vale, si pudiera estar segura de que sería una hija… Diablos, ya sabes a qué me refiero.

—Apuesto a que Rod está contento con la noticia—, bromeó Gwen.

April enrolló un folleto del periódico y se lo lanzó a su cuñada.

—Volviendo a lo que decía—, refunfuñó April mientras Gwen se agachaba. —Revueltos en una hilera de fardos había más de una docena de cornamentas aún unidas a los cráneos. Dos alces, cuatro alces, más de una docena de ciervos y varios cráneos de antílopes.

— ¿Antílopes? —preguntó Gwen.

Los ciervos y los alces tenían cuernos que se desprendían en invierno después de la temporada de cría y volvían a crecer cada primavera. Esto era diferente a las vacas. Los cuernos de los bovinos permanecían unidos hasta la muerte o hasta que eran cortados.

El antílope era único. Los machos, y en menor medida las hembras, tenían cuernos permanentes, con forma de cuchilla, a los que les crecía una cubierta de queratina. La queratina formaba una punta hacia delante, lo que indicaba el nombre del antílope. Cada año, a partir de marzo aproximadamente, a los cuernos de los antílopes con forma de cuchilla les empezaba a crecer su funda de queratina. Las fundas se desprendían entonces en otoño e invierno, tras el celo. Como el crecimiento y la muda de las fundas eran predecibles, servían de guía para saber cuándo se capturaba el animal, ya fuera en la temporada de caza permitida de agosto y septiembre, o fuera de ella.

—Algo de ambos—, dijo April.

— ¿Por cuánto se venden hoy en día las astas y los cuernos de los antílopes? — preguntó Gwen.

—Desde veinte dólares hasta un par de miles, dependiendo de la extensión y los puntos. Por supuesto, si incluye una cabeza disecada y montada, el precio aumenta. Supongo que entre uno y dos mil, de nuevo, dependiendo de la extensión y el número de ramas. Supongo que el que está en el congelador con la cornamenta irregular tendrá el precio más alto. Eso si consiguen llevarla al taxidermista antes de que se dañe por la quemadura del congelador o la descongelación—, añadió.

—Aun así, todo eso podría haber sido legal, tomado en la temporada.

April arrugó la nariz. —Es posible. Pero no es probable, no en esa cantidad.

Gwen no podía estar en desacuerdo con eso.

—Por cierto, tenías razón sobre el ascensor del desván. Estaba escondido bajo unos trastos, pero seguimos los raíles y lo encontramos.

—Entonces, ¿lo embargasteis todo? —Preguntó Gwen.

—No. El juez firmó la orden de registro a última hora de la noche, pero hemos retrasado el registro hasta las cuatro de la mañana—. April volvió a bostezar, como si enfatizara la hora temprana.

Gwen esperaba haber tenido tiempo para dormir unas horas.

—Llevé a un par de ayudantes uniformados conmigo en un coche sin marcas. Todd también vino. Mark, el otro guardabosques, estaba en el bosque junto con otro de mis ayudantes cerca de la carretera. Teníamos que asegurarnos de no tener compañía. Fotografiamos e inventariamos lo que había allí. Todd recogió unos cuantos fardos de carne para analizarlos y, luego, nos largamos de allí. Oh, sí, llevamos a un técnico de escena con nosotros. Tomó huellas de los congeladores, pero tomará unos días pasarlas por todas las bases de datos del AFIS. Ahora mismo, no podemos relacionar el asesinato de Myers con los amigos no identificados que según Lacey sacaron los congeladores. O con los tontos que asaltaron su coche en el aparcamiento ayer.

—Así que, hasta entonces, Lacey tiene que permanecer lejos de su casa—, dijo Gwen. — ¿Cuánto tiempo crees? Quiero decir, ¿cuál es el plan?

—Tenemos algo puesto en marcha. Lacey puede tener un papel en ello, y voy a hablar con ella sobre eso. Te mantendré informada cuando la necesite.

April se dispuso a salir, pero antes de llegar a abrir la puerta del despacho, se volvió. —Creo que sé la respuesta, pero ¿tenéis cámaras de vigilancia fuera de aquí? Me gustaría echarle un vistazo al tipo que merodeaba ayer alrededor del coche de Lacey.

—Lo siento, no.

—Demonios. ¿Pudiste verlos bien? — Preguntó April. — ¿Suficiente para identificarlos?

—El segundo se quedó en el camión. La visera estaba bajada, así que no lo vi claramente. Al que se paseó por el aparcamiento lo vi mejor, ya que hice que Lacey se quedara atrás y yo trabajé en las mesas cerca de las ventanas delanteras.

— ¿Lo reconociste?

—No, nunca lo había visto, pero lo reconocería si lo volviera a ver.

Gwen le dio una descripción a April, pero era difícil describir los matices que hacían a este hombre diferente de todos los demás jóvenes delgados y desaliñados que vivían en la zona y que llevaban botas, vaqueros y camisas de corte occidental con sombreros de ala.

April le dedicó una sonrisa de disgusto. — ¿No tenía cicatrices, tatuajes, algo distintivo?

—Recuerdo un par de cosas fuera de lo normal. Su pelo era oscuro y largo, más allá del cuello. En la parte de atrás, por debajo de la parte inferior de la gorra, el pelo estaba recogido como si tuviera algún rizo. Y recuerdo que, cuando se giró, el sol le dio de lleno y vi un brillo en su oreja, como un pendiente—. Inconscientemente, alzó la mano y se tocó el pendiente.

— ¿Izquierda o derecha?

Gwen pensó por un segundo. —Derecha.

———

Lacey se quedó con Gwen durante los dos días siguientes. Gwen opinaba que era demasiado, trabajar juntas durante el día y, luego, volver a pasar la noche en la misma casa.

Gwen, que ya no se acostumbraba a la presencia de otro ser vivo en su casa, huyó finalmente a la soledad de atar moscas, con los auriculares en los oídos y sus canciones favoritas sonando en el iPod. Lacey apareció una vez en la puerta y, al ver la expresión de fastidio de Gwen, huyó.

—He preparado sopa—, anunció Lacey un poco después, cuando Gwen, frotándose los ojos y cansada por el trabajo de detalle, se unió a ella en la cocina.

—Huele delicioso—, le dijo Gwen. Y así era.

—Gracias. Encontré albóndigas en el congelador, y ajo, cebollas y caldo de carne en la despensa. Hay espinacas nuevas en el jardín y he añadido orzo—. Lacey sirvió la sopa en tazones y los puso en la isla de la cocina. —No es elegante, pero...

—Satisfactorio—, terminó Gwen.

Lacey recogió su cuchara y, luego, la dejó en el suelo. —¿Gwen? No quiero estorbarte. Mañana, volveré a mi casa.

¿Era el sistema de acogida el que había afinado tanto los sentidos de Lacey y de otros niños abandonados a la primera señal de rechazo?

—Lacey, no estás estorbando. De verdad. Es sólo que... no sé... después de la muerte de mi marido, mi hogar silencioso me entristecía mucho. Entonces, un día me di cuenta de que, aunque seguía echando de menos a Gabe, había llegado a disfrutar de la soledad.

— ¿Cuánto tiempo te llevó eso? — Preguntó Lacey. —Hasta que te acostumbraste a estar sola, quiero decir.

—Tal vez un año. Gabe murió a mediados del verano. Pasé un invierno duro y solitario, y un día me di cuenta de que había llegado una nueva primavera. Podía oler cómo la tierra cobraba vida y oía el canto de los pájaros.

Lacey asintió.

—Ahora cómete tu sopa antes de que se enfríe.

—Sí, jefa—, dijo Lacey, haciendo un saludo como si estuviera simulando a Gwen con su cuchara.

Terminaron de comer, y Gwen enjuagó los cuencos y los colocó en el lavavajillas mientras Lacey guardaba el resto de la sopa.

— ¿Has oído algo del sheriff o de Todd y Mark? —Preguntó Gwen.

April la había puesto al corriente antes, pero Gwen quería que Lacey le contara lo que le habían dicho. Cuando Lacey no contestó de inmediato, se giró para encontrarla con una mueca en la boca.

—Apagué mi teléfono—, dijo.

— ¿Qué? ¿Por qué?

—Porque seguía recibiendo llamadas de John, el amigo de Donny.

Gwen dejó el trapo que había estado usando para limpiar el mostrador. —No lo sabía. ¿Qué quiere?

—Sus cosas. Dijo que Donny tenía algo para ellos. Me dijo que, si no se lo daba, lo lamentaría.

—Bueno, mierda—, exclamó Gwen. —Me pregunto si el tipo que rondaba el aparcamiento del restaurante el otro día era ese tal John. Nunca lo vi después de eso, así que esperaba que se hubieran dado por vencidos y abandonado la ciudad.

Lacey se encogió de hombros.

Gwen tenía una idea de las cosas a las que se referían los hombres, pero ¿lo sabía Lacey?

— ¿Le has dicho a April que te han estado llamando? —Preguntó Gwen.

—Como he dicho, he apagado mi teléfono.

—Entonces, ¿ni April ni los guardabosques han hablado contigo últimamente?

Lacey hizo la pantomima de levantar un teléfono y pulsar un botón. —Teléfono apagado.

En ese momento, el teléfono móvil de Gwen vibró en su bolsillo. Cuando lo sacó, la pantalla mostraba que la llamada era de April.

—Hola—, respondió Gwen.

April contestó escuetamente: —He intentado localizar a Lacey, pero no contesta y su buzón de voz está lleno. ¿Está contigo?

—Aquí mismo, en mi cocina.

—Ponme en el altavoz y pásaselo a ella.

Gwen lo hizo y Lacey, habiendo adivinado por la reacción de Gwen que la sheriff estaba enfadada, cogió el teléfono como si alguien le acabara de pedir que sujetara un cartucho de dinamita encendido.

—Te he llamado una docena de veces. ¿Por qué no me has devuelto la llamada? — La dinamita estalló en la línea.

—Lo siento, es que, bueno, estaba recibiendo llamadas del amigo de Donny, y no quería hablar con él.

— ¿Y por qué demonios no me lo dijiste?

—No quería molestarte.

—Jesucristo todopoderoso. Supongo que mi cuñada, que está a tu lado, tampoco estaba preocupada.

—Cálmate, April—, dijo Gwen, cogiendo el teléfono de nuevo.

Hubo silencio en la línea durante un minuto, Gwen conocía a April lo suficientemente bien como para saber que la mujer necesitaba tiempo para calmar su ira. Gwen oyó ruidos de fondo que parecían el rumor de unos chicos en otra habitación.

Con voz más calmada, April dijo: —Quítame el altavoz y pásale el teléfono a Lacey.

—Di por favor—, respondió Gwen.

—Maldita sea. Bien. Por favor, pon a Lacey de nuevo.

Gwen se fue a su despacho mientras April y Lacey hablaban. Normalmente llevaba la contabilidad y los pedidos del restaurante después del turno de mañana, o cuando las cosas estaban calmadas. Últimamente no había tenido tiempo, así que hoy se había llevado a casa una carpeta con el papeleo. Diez minutos más tarde, Lacey golpeó el marco de la puerta.

—La sheriff quiere hablar contigo—, dijo Lacey, entregándole el teléfono a Gwen.

— Este es el plan—, le dijo April a Gwen, y luego le explicó lo que tenían que hacer esa noche.

12

PLAN DE JUEGO

Eran más de las nueve y estaba oscuro cuando Gwen, con Lacey acurrucada a su lado en el asiento del copiloto, sacó su Jeep del garaje. Gwen ya estaba cansada hasta la médula de los huesos. Había sido un largo día de trabajo después de una noche corta y, una vez más, ya había pasado su hora habitual de acostarse.

Aunque había poco tráfico en las carreteras, Gwen seguía comprobando las calles laterales y el espejo retrovisor por si les seguían. Lacey permaneció desplomada en el asiento del copiloto, con la capucha oscura puesta sobre la cabeza. Permaneció así hasta que llegaron al refugio del terreno vallado detrás de la oficina del sheriff y aparcaron.

April y otro ayudante del sheriff, el mismo que Gwen había visto en la escena del crimen cuando descubrieron el cadáver de Donald, los guiaron por el pasillo hasta la sala de conferencias. Todd y Mark ya estaban allí tomándose un café en vasos de poliestireno. Todd tenía una tableta delante de él y estaba escribiendo algo cuando Gwen y Lacey entraron en la sala.

—Aquí es donde estamos—, dijo April después de que todo el mundo llegara, se hicieran los saludos, se sirviera el café y la gente se hubiera acomodado en sus sillas. —Ya tenemos oficiales en el bosque alrededor de tu casa, Lacey. Te vigilarán, pero no se moverán hasta que sea necesario.

April revisó sus notas y continuó: —En primer lugar, hemos tenido una novedad. Lacey, voy a pedirte que salgas de la habitación un momento.

Gwen se levantó para seguirla. —Puedes quedarte, Gwen—, le dijo el sheriff.

Después de que Lacey cerrara la puerta tras ella, April explicó: —No he encontrado ningún motivo para sospechar que Lacey estuviera involucrada en el asesinato de Myers, pero aún no estoy segura de cuánto sabía ella sobre su participación, así que esto es algo que nos guardamos por ahora, ¿entendido?

El grupo alrededor de la mesa asintió con la cabeza.

April se dirigió a Mark: — ¿Quieres ponernos al día antes de seguir?

—Vale—, aceptó Mark. —Cuando se ejecutó la orden de registro, Todd y yo recogimos una docena de paquetes de muestras de los congeladores, algunos de cada especie.

Gwen enarcó una ceja. — ¿Especies?

—Antílope y ciervo principalmente, algunos alces y ciervos. Ellos, el cazador furtivo o el procesador habían escrito convenientemente el nombre de la especie, el corte de carne y la fecha de procesamiento en el papel de carnicero en el que estaba envuelta la carne.

—No tardamos mucho en catalogarlo y sopesarlo todo—, añadió Todd.

—De todos modos—, continuó Mark, —nos pusimos a buscar y descubrimos una pequeña marca de lápiz triangular junto a la fecha de procesamiento en algunos de los paquetes.

— ¿Algo que hizo el carnicero? —, preguntó un ayudante. — ¿Corresponde a una fecha de muerte o de procesamiento?

—Eso fue lo primero que pensamos—, respondió Mark.

—Excepto que la única cosa en común era que las marcas estaban sólo en la carne picada. Como una hamburguesa.

—Sí, hamburguesas de alce y ciervo—, añadió Todd.

—Entonces nos dimos cuenta de que los paquetes marcados con triángulos tenían una forma irregular.

—Explícate—, ordenó April, apuntando una nota.

Todd dijo: —Normalmente, cuando se pasa la carne por una picadora, el resultado se asemeja a la forma de la salida de la máquina, como en una salchichera donde la mezcla sale en forma de tubo. Aquí, la carne picada salió en forma de pan, toda lisa y regular. Los paquetes con triángulos dibujados a mano no tenían ese aspecto perfecto y uniforme.

—Así que pasamos un par de paquetes por el escáner—, añadió Mark.

Los dos guardas de caza se sonrieron.

Gatos de Cheshire, pensó Gwen.

—Suéltalo—, ordenó April, haciendo rodar su mano en un gesto de aproximación. —No tenemos toda la noche.

—Aguafiestas—, dijo Todd, con un tono de burla, pero sin malicia. —Mark, cuéntales lo que hemos descubierto.

—Paquetes de plástico y cinta adhesiva escondidos en medio de los que tienen triángulos.

— ¿Drogas? —preguntó un ayudante.

—Drogas y dinero—, explicó Mark. —Había billetes grandes, de cincuenta y cien en su mayoría, envueltos en paquetes y congelados dentro de la carne. Analizamos los paquetes con la droga. Metanfetamina con un alto porcentaje de pureza. Lo que quiero decir es que lo que encontramos probablemente procedía directamente del fabricante antes de ser cortada para su venta en la calle. Después de insertar los paquetes con la droga y el dinero en efectivo en los panes, se alisó la carne por encima, pero no fue un trabajo perfecto. Nuestra teoría es que temían que se produjera una redada y necesitaban sacar el producto y los fondos de dondequiera que los tuvieran guardados. — Se recostó en la silla, satisfecho. La silla crujió como si estuviera de acuerdo.

—Y Myers, que sospechamos que les ayudó con la caza, no tenía antecedentes penales, y un bonito granero aislado en el bosque—, añadió Todd.

—Con electricidad para mantener los congeladores en funcionamiento—, continuó Mark. —Eso fue hasta que la víctima, por la razón que fuera, descubrió lo que hacían sus amigos y quiso entrar. O tal vez amenazó con ir a la policía a menos que le dieran más dinero.

Uno de los ayudantes dio un silbido bajo. — ¿Cuánto había, quieres adivinarlo? —le preguntó a Mark.

Mark dijo: —Es difícil de decir. Sólo recogimos un pequeño porcentaje de los paquetes. Había dos congeladores en el desván, ambos con paquetes de carne picada, filetes y asados. Una vez descongelada la carne, contamos unos cinco mil dólares doblados dentro de cada paquete que confiscamos. Como dije, las drogas eran de alta potencia. Diría que había varias onzas metidas en cada paquete.

Todd continuó la explicación: —Así que se catalogaron más de doscientos paquetes, incluyendo la docena que nos llevamos. Como no supimos el significado de la marca triangular hasta más tarde. Es difícil saber cuántos de los que quedan en los congeladores contienen drogas y dinero.

Mark tomó el testigo de la conversación. —Encontramos dinero en tres de los doce paquetes que confiscamos al azar y uno que contenía drogas. Eso hace un tercio. Utilizando esa estimación aproximada, entonces un tercio de los ciento ochenta paquetes restantes tendrían un bono metido dentro.

Todd había estado trabajando con una calculadora mientras su compañero hablaba. Cuando Mark se volvió hacia él, Todd le dijo al grupo: —Un total de sesenta paquetes de carne cargados, según mis cálculos. Tomad una media de cinco mil dólares por fajo de dinero—, volvió a pinchar números en la calculadora.

—Por supuesto, el valor en la calle de la metanfetamina será potencialmente más alto después de ser cortada y vendida—. Pensó durante un minuto y metió más números. —Es difícil decirlo con exactitud, pero estaría entre un cuarto y medio millón de dólares.

—Hablamos de activos congelados—, bromeó uno de los policías.

Las risas se extendieron por la mesa.

—Sí, lo suficiente como para que nuestro supervisor de distrito esté en camino desde Laramie para supervisar la operación—, dijo Todd.

—También es un poderoso motivo de asesinato—, añadió otro oficial, golpeando su lápiz sobre la mesa. — ¿Pero no parece elevado? Quiero decir, ¿incluso teniendo en cuenta las drogas?

Eso fue lo que pensó Gwen también. Claro que había dinero en la caza furtiva y las drogas ilegales, pero ¿esa cantidad de dinero?

—Sí parece alto—, añadió otro ayudante del sheriff.

Todd habló: —Mark y yo hemos visto un aumento aquí en el valle tanto de la caza furtiva como de la fabricación de metanfetamina. Estos tipos están en el bosque, de todos modos, cuando están acechando la caza. Conocen el terreno, quién es el dueño de la tierra, y la frecuencia con la que el terrateniente inspecciona su propiedad. Es fácil montar un laboratorio de drogas en un edificio viejo y abandonado. En algún lugar que no sea visitado a menudo por el dueño de la propiedad. Piensa en ello como una expansión del modelo de negocio de los malos: caza furtiva y metanfetamina.

Eso hizo que el grupo se riera. Gwen reflexionó sobre la verdad de lo que había dicho Todd. Tenía una especie de sentido perverso.

—Tenemos que encontrar a estas personas—, le dijo April al grupo. —Gwen, ¿podrías decirle a Lacey que vuelva a entrar?

Cuando Lacey regresó y se sentó en su silla, April le explicó las cosas.

—Nuestros oficiales no han podido identificar a este John, amigo de tu Donny, o a su amigo. También pueden haber sido los que se sentaron en tu coche en el aparcamiento del restaurante. En cualquier caso, necesitamos tener una pequeña charla con ellos. Dijiste que han estado intentando localizarte. Lo que necesito es que les llames al móvil y conciertes una reunión. ¿Estás dispuesta a hacerlo?

— ¿Crees que ellos han asesinado a Donny? —le preguntó al sheriff con un temblor en la voz.

—Todavía no tenemos una causa probable para hacer un arresto por el asesinato, pero como dije debemos tener una pequeña charla con ellos—. April entonces le explicó a Lacey lo que necesitaban. —Puedes ayudar o no, tú eliges. Sólo necesito saberlo.

Gwen vio a Lacey vacilar. Sospechaba que una parte de ella quería vengarse del asesinato de Donald. ¿Cuál era la otra: miedo a ser implicada? ¿O era miedo por su propia seguridad?

Mientras todos esperaban, Lacey, con la cabeza gacha, se hurgaba las cutículas. Después de un minuto, se enderezó y miró al sheriff directamente a los ojos. —De acuerdo, lo haré—. Su mirada vaciló. —Siempre que no me hagan daño.

—Me aseguraré de ello—, dijo April, y empujó el móvil de Lacey hacia ella.

Lacey pulsó el botón de encendido para encender el teléfono. A su lado, Gwen observó cómo los avisos de los mensajes de voz y de texto se desplazaban por la pantalla. Lacey gimió suavemente. Gwen le dio una palmadita en el brazo.

April conectó un cable al teléfono. Conectó el otro extremo a una máquina que grabaría ambas partes de la conversación. A continuación, ella y Todd se pusieron unos auriculares conectados a la grabadora para poder escuchar ambas partes.

—Sólo encuentra uno de los mensajes de voz de ese tipo

John que dijiste que te sigue llamando. Escucharemos el mensaje y, luego, le devolverás la llamada, ¿entendido?

Lacey asintió. Levantó el teléfono, lo desplazó, lo pulsó, escuchó un mensaje, bebió un trago de la botella de agua que alguien le había traído y pulsó «llamar».

Gwen escuchó uno, dos, tres timbres desde donde estaba sentada junto a Lacey hasta que alguien descolgó.

13
___

EL ANZUELO

—Hola, soy Lacey. Me llamaste antes.

Pausa.

—Lo siento, perdí mi teléfono y, luego, se quedó sin batería.

Pausa.

—Lo entiendo. No tenía la llave. Estaba en el llavero de Donny, pero ahora la tengo.

Miró a April.

April asintió.

—No lo creo. Los policías cerraron el granero después de llevarse el cuerpo de Donny—, tropezó un poco con la palabra «cuerpo», pero para Gwen sólo hizo que Lacey sonara sincera. Esperaba que la persona al otro lado de la conversación también lo pensara.

—No lo creo. Quiero decir, la casa me parece un tanto espeluznante, así que me he mantenido alejada.

Pausa.

—Sólo amigos aquí y allá.

Escuchando.

—No importa quién—. Los ojos de Lacey se estrecharon y su columna vertebral se enderezó. —No, y si quieres tu mierda, dije que te conseguiría la llave. No sé lo que hay ahí, y no me importa. Ya he dado mi aviso de treinta días, así que me voy de allí a final de mes, de todos modos.

Hubo una larga pausa mientras la persona que llamaba hablaba.

—Diablos, no. No le he dicho nada a la policía. Son idiotas.

Lacey miró tímidamente a April cuando lo dijo. April le hizo un gesto con el pulgar hacia arriba.

—Tardaré unos minutos en llegar desde donde me hospedo.

Pausa.

—Como he dicho, no quiero ningún problema. Sólo saca tu mierda y, luego, déjame en paz.

Lacey miró a las personas sentadas en la mesa de conferencias mientras escuchaba. Le brillaban los ojos y se los limpiaba con la manga de la camisa.

—Bien, entonces. Cuarenta y cinco minutos—. Lacey se enderezó en su silla. —Y una cosa más, voy a decirle a la amiga con la que me estoy quedando que si no llego a casa por la mañana llame a la policía.

Pausa.

—Tú también, idiota—, dijo Lacey. Pulsó el icono de fin de llamada y deslizó el teléfono por la mesa.

—Lo siento—, le dijo Lacey a April. —Espero no haberte fastidiado las cosas, es sólo que me pone de muy mala leche que me amenace así.

—Lo has hecho bien, Lacey—, le dijo April antes de dirigirse a los agentes de la sala. —Conecta a Lacey con el audio. No tenemos mucho tiempo. Su coche ya está aquí en un garaje, y se ha instalado una cámara. Está arreglado para que podamos poner a un oficial en el maletero con acceso rápido a través del asiento trasero si es necesario.

—Bryan -señaló a uno de los agentes uniformados-, avisa a Jackson y a McAlleroy. Ya están en la escena. Vamos, gente, sólo tenemos treinta minutos.

Todo el mundo se movió rápido después de eso. Los agentes se llevaron a Lacey para vigilarla. Gwen deseaba poder ayudar, pero parecía que las cosas estaban bajo control.

—Vas a estar en la furgoneta de vigilancia—, le informó April. —Estará aparcada en la autopista, y tenemos un agente encubierto que fingirá estar cambiando una rueda por si llegan desde el oeste. Ya tenemos cámaras en la propiedad, y necesito que vigiles y veas si quien llega es el mismo hombre que viste merodeando fuera del restaurante—, April se giró cuando ya se iban y apuntó con un dedo a la nariz de Gwen. —Y tú quédate en la furgoneta, pase lo que pase. Nunca conseguiré exorcizar al maldito fantasma de mi hermano si te pasa algo en mi guardia.

—Entendido—. Gwen no tenía ningún problema en quedarse dentro de la furgoneta. Dejó que los profesionales, incluyendo a la Sheriff April Erickson, se encargaran.

———

Gwen iba en la parte trasera de la furgoneta. El cartel magnético de la puerta decía que era una empresa de reparaciones domésticas. Un ayudante del sheriff, vestido con una camiseta de manga larga y unos vaqueros, y al que se le notaba la barba de unos días, condujo por la autopista hasta llegar a unos treinta metros del desvío a la casa de Lacey.

A Gwen le preocupaba poner a Lacey en una posición tan vulnerable. Muchas cosas podían salir mal con tanto dinero en juego. ¿John creía realmente que Lacey mantendría la boca cerrada después de que se llevaran lo que querían? ¿Sospecharían que alguien se había metido en los congeladores hábilmente ocultos y en su alijo de carne de caza, drogas y dinero? Gwen había visto programas de espionaje en los que se utilizaban mechones de pelo o una fina tira de papel en la puerta de una habitación de motel para alertar al espía de que alguien había accedido a una habitación. ¿Habían activado los agentes, sin saberlo, una trampa de este tipo?

Los ayudantes ya estaban colocados en el palomar y en los alrededores del granero, pero ¿y si empezaban a volar las balas y Lacey quedaba atrapada entre los buenos y los malos? Le envió una pequeña oración al cielo para que la chica tuviera el suficiente sentido común como para tirarse al suelo si las cosas se torcían.

—Déjame dar la vuelta por si tenemos que entrar—, le dijo el conductor a Rebecca. Su compañero de incógnito estaba sentado con Gwen en la parte trasera de la furgoneta. —Aparcaré detrás del desvío que acabamos de pasar y saldré como si hubiéramos pinchado. Te avisaré cuando se acerque alguien.

—Vale, Nate—, le dijo. Ella, al igual que Gwen, estaba vestida con jeans y un suéter.

Aparcaron, Nate salió del coche, y Rebecca cerró las cortinas que separaban la cabina de la parte trasera de la furgoneta. La instalación no era tan lujosa como la que Gwen había visto en los programas policiales, pero había tres pantallas de ordenador atornilladas a una de las paredes laterales. Los monitores proyectaban una única luz. El resto del equipo descansaba en un estante de alambre, y Becca y Gwen se sentaban sobre taburetes de taller con ruedas para facilitar las maniobras.

Becca encendió la radio de la policía. —La vigilancia está en posición. Tengo ojos en el desván del granero—. Un brazo salió de un montón de heno. El dueño del brazo silbó y saludó a la cámara. —Y audio.

Rebecca se volvió hacia el segundo monitor. Esa pantalla estaba dividida. Un lado brillaba en verde. Gwen reconoció los objetos como imágenes de una cámara de visión nocturna. El otro lado mostraba formas tenues en el mismo ángulo, pero sin el visor nocturno.

—La vista de la entrada del granero también está en funcionamiento—, anunció.

Rebecca encendió el tercer monitor. Gwen vio el salpicadero de un coche con el panel de instrumentos iluminado. La cámara debía de estar montada en algún lugar del retrovisor o en el revestimiento del techo. En el borde de la pantalla, vio la manga de una sudadera y una mano agarrando con fuerza el volante. *Lacey.* Gwen oyó sonidos suaves y rítmicos y se dio cuenta de que estaba escuchando la respiración nerviosa de Lacey.

—Tengo visión y audio de nuestra informante—, dijo Becca, refiriéndose a Lacey como informante confidencial.

—Bien—, dijo la voz de April. Sonaba sin aliento.

— ¿Dónde está la sheriff? —Gwen le preguntó a Rebecca.

—Se está abriendo paso por el bosque desde el camino del vecino.

—Está muy oscuro—, comentó Gwen.

—Tiene gafas de visión nocturna—, le dijo el agente encubierto. —La jefa estará bien.

—Estoy girando en mi entrada—, dijo Lacey temblorosamente. —Pero no veo a nadie aquí.

—Deténgase detrás de su casa y gire el coche para que los faros brillen hacia el granero—, le indicó alguien. —Luego, no se mueva. Seguro que vendrán. Lo único que tiene que hacer es entregar las llaves y marcharse. Quédese en el coche, ¿entendido?

—Vale—, susurró Lacey.

—Vehículo acercándose—, dijo Nate hablando desde el exterior de la furgoneta. —Acaba de pasarnos, pero están reduciendo la velocidad. Espero que no sea un buen samaritano que quiere ayudarme a cambiar una rueda. Espera, no, están dando la vuelta. ¿Alguien lo ha visto ya?

—Afirmativo—, respondió alguien. —Los faros vienen por el carril.

—Atención, todos—, anunció April.

Gwen observó el monitor que mostraba la parte delantera del granero. La parte de visión nocturna estalló en una luz cegadora. Becca pulsó el teclado y la otra parte de la pantalla, con su iluminación natural, llenó todo el monitor. Un camión y un remolque de ganado aparecieron a la vista, dieron una vuelta en U y, luego, desaparecieron del alcance de la cámara. Volvió a aparecer en la pantalla cuando el conductor dio marcha atrás para que el extremo del remolque estuviera más cerca de la puerta del granero.

—Están aquí—, susurró Lacey.

14

———

GOLPE

—Atención, Lacey—, le indicó alguien. —Recuerda, deja que vengan a ti por las llaves.

En segundos, una figura apareció fuera de la ventana de Lacey. Gwen no pudo ver nada por encima de su cintura. El hombre le indicó a Lacey que bajara la ventanilla. Cuando se inclinó para hablar con Lacey, su rostro apareció. Gwen lo reconoció como el hombre del exterior del restaurante. Se lo dijo a Rebecca.

—Nuestro testigo ocular confirma que el varón que estaba en el coche de Lacey era una de las personas vistas fuera de su cafetería—, les dijo Rebecca a sus compañeros por el walkie-talkie.

— ¿Dónde coño están las llaves? —le preguntó el hombre a Lacey, extendiendo la mano.

Clic.

—Bueno, diablos, es Jake Bryant—, dijo una voz baja.

— ¿Quién? —preguntó otra voz, apenas por encima de un susurro.

—Jake Bryant, el maldito cazador furtivo de Montana al que acusamos hace unos meses.

—Silencio—, exigió April, su susurro reconocible.

—Buena chica—, le dijo John/Jake Bryant a Lacey. —Ahora sólo tienes que salir del coche.

Lacey dijo algo ininteligible. Le habían dicho que se quedara dentro. Claramente, ella quería hacerlo. Hubo un crujido de movimiento. El sonido de una llave girando en el motor.

Bien, pensó Gwen, *les diste la llave y ahora puedes escapar...*

Antes de que pudiera terminar de pensar, el brazo de un hombre atravesó la ventana abierta. El sonido de un puño golpeando la carne fue seguido por el grito de Lacey.

Gwen jadeó. El hombre había golpeado a Lacey. Vieron a Lacey desparramada sobre la consola entre los asientos delanteros del coche.

—Voy a matar a ese bastardo—, exclamó Rebecca.

—No hasta que termine con él—, gruñó Gwen.

—Esperad, todos—, siseó April.

—Ven aquí—, le ordenó el hombre a Lacey, intentando abrir la puerta del coche. —Y abre el maldito granero.

Rebecca habló por la radio. —Todo el mundo, está haciendo que nuestro testigo salga del coche y abra la puerta del granero. Cabezas abajo allí.

Un segundo hombre, el que se había quedado en el asiento del conductor del camión, salió, levantó una carretilla de la plataforma del camión y se unió a Lacey y Jake. Tambaleándose y frotándose una mejilla, Lacey se dirigió a la puerta a trompicones. Introdujo la llave en el candado y, con la ayuda del segundo hombre, deslizó la gran puerta hacia un lado por sus raíles. Jake empujó a Lacey al interior mientras el segundo hombre encendía las luces del techo.

Rebecca hizo clic en el ratón del ordenador, y la vista se desplazó de modo que dos monitores, con perspectivas diferentes, revelaron el interior del granero. La nueva vista, procedente de una cámara montada en lo alto, captaba una vista de gran angular del interior.

El primer hombre señaló un taburete bajo de tres patas, como los antiguos que se utilizan para ordeñar vacas, y le dijo algo a Lacey que Gwen no pudo oír. Lacey dio un par de pasos hacia el taburete y se sentó. Sacó unas bridas del bolsillo de su chaqueta y le ató las muñecas a la espalda. Luego, cogió una cuerda, le rodeó el cuello dos veces por la mitad y le hizo nudos corredizos a cada lado de la garganta. Enrolló uno de los extremos alrededor de la viga que formaba parte de un viejo establo para caballos y lo ató en señal de burla. Hizo lo mismo con el otro extremo, atándolo bajo a un poste del lado opuesto. Dejó a Lacey en el centro con las manos esposadas y atrapadas como una mosca en una tela de araña.

—Se una chica buena y tranquila, y te dejaremos ir cuando hayamos terminado—, le dijo a Lacey, tratando de sonar tranquilizador. Para los oídos de Gwen, fracasó. Lacey debió de pensar lo mismo porque su cabeza y sus hombros se hundieron.

—Sheriff—, dijo Rebecca por la radio. —Acaban de atar a la chica dentro del granero. ¿Debemos esperar o entrar?

Gwen se inclinó hacia el monitor, observando a Lacey. Se frotó las palmas de las manos sudorosas en los vaqueros.

—Mierda—, respondió April. —Markel, ¿tienes ojos en ellos? Un clic. Sólo un clic.

—Tenemos al ayudante del sheriff en el desván—, le explicó Rebecca a Gwen. —Es nuestro mejor tirador.

La sheriff siseó: —Si hace un movimiento para hacerle daño a la chica, disparas. ¿Entendido?

Otro clic.

Mientras Jake ataba a Lacey, el segundo hombre se dirigió al ascensor del desván, limpiando los escombros y la lona que lo ocultaba.

El ascensor era un mecanismo sencillo con un amplio suelo y un respaldo de malla metálica. Accionó un interruptor de la pared, y sonó un suave zumbido. El hombre subió al suelo del ascensor y cogió un mando fijado a un rail. Utilizando los controles, envió el ascensor hacia la pared por los dos raíles paralelos que iban del suelo al techo.

Un ligero golpe en la puerta trasera de la furgoneta hizo saltar a Gwen.

—Probablemente sea la sheriff—, dijo Rebecca. —Déjala entrar, ¿quieres?

Agachándose, Gwen se dirigió a la parte trasera, tanteando en la oscuridad para abrir la puerta. April entró. Agachándose, se dirigió a los monitores y ocupó el asiento que Gwen acababa de dejar libre.

—Tenemos a Johnson en la ventana. Wade está fuera del maletero del coche y posicionado fuera de la puerta por si acaso—, le dijo April a Rebecca.

El agente pulsó un botón en el segundo monitor, y Gwen pudo ver la silueta del ayudante del sheriff, Wade, bajo las luces rojas del remolque justo al lado de la puerta del granero entreabierta.

—Sube aquí y ayúdame, joder—, le gritó el hombre del desván a Jake.

—No te sulfures. Manda el puto ascensor hacia abajo para mí—, respondió.

Comprobó las ataduras de Lacey por última vez. Luego, se acercó, agarró a Lacey por la cabeza y le acercó la cara a su entrepierna. Lacey negó con la cabeza y trató de apartarse, pero él la agarró de un puñado de pelo, le apretó la cabeza contra él y movió las caderas.

En la furgoneta, Gwen gimió, Rebecca agarró el mando del monitor, y April gruñó: —Voy a disparar a ese hijo de puta.

—Yo también—, dijeron Rebecca y Gwen al unísono, sin poder apartar la vista de la pantalla.

—Maldita sea, Jake—, maldijo el hombre del desván.

—Más tarde—, le siseó el hombre a Lacey. Su micrófono captó su amenaza y el sollozo de Lacey.

Gwen dejó escapar la respiración cuando el hombre se alejó

de Lacey. Se preocupaba por Lacey, pero también le preocupaba que el hombre descubriera que Lacey estaba conectada.

—¿Sheriff? —preguntó una voz de radio.

Antes de que April pudiera responder, o incluso decidir si se iba a desechar el plan para rescatar a su informante, Lacey susurró en una voz tan baja que apenas podían oírla.

—Estoy bien, estoy bien.

April respiró hondo y pulsó su radio. —Esperad hasta que se alejen de ella y sepamos con certeza que van tras los congeladores. Entonces, los pillaremos.

Los tres que estaban en la furgoneta vieron cómo el ascensor bajaba, Jake se subía y se elevaba hasta el desván.

Rebecca acercó su silla al tercer monitor y pulsó una tecla. La vista cambió a la cámara montada en el desván. El segundo hombre metió la plataforma móvil bajo un borde de un congelador mientras Jake sostenía el otro lado para que no se inclinara.

Lacey luchó frenéticamente. Primero, se levantó a medias del taburete, deslizando las manos atadas a la espalda y bajando por sus delgados muslos.

—No, espera—, susurró Gwen, aunque Lacey no podía oírlo. *¿Por qué no se queda quieta? Se estrangulará si se resbala.*

— ¿Qué demonios? —ladró April. Cogió el walkie-talkie, con el pulgar sobre el botón de hablar. Sus ojos se movieron entre los monitores, una cámara en el desván y la otra enfocada en Lacey.

En el desván, el congelador estaba sobre la carretilla; Jake ató a ambos lados para que quedaran bien ajustados.

Las tres mujeres de la furgoneta observaron, congeladas, cómo se desarrollaba la acción. Gwen se tapó la boca con las manos. Rebecca se sentó hacia delante. April seguía con el dedo encima del botón de hablar, con los ojos puestos en los monitores mientras se acercaba a la puerta trasera de la furgoneta. Nadie dijo una palabra. El único sonido era la respiración agitada de Lacey.

Saltando un poco para no tropezar, Lacey consiguió tirar de un pie hacia delante a través del círculo de sus brazos. Ahora estaba a horcajadas sobre sus muñecas atadas, con una pierna delante y otra detrás. Encorvada, con la cuerda apretada a ambos lados del cuello, intentó pasar el otro pie. Se tambaleaba, la cuerda se tensaba y aflojaba mientras se movía a la izquierda, luego a la derecha. Dejó el pie en el suelo y recuperó el equilibrio.

De nuevo, Lacey levantó el pie trasero dispuesta a pasar por el círculo de sus brazos. Se tambaleó y se le enganchó el talón. Se levantó torpemente sobre una sola pierna. Dio un salto, tratando de mantener el equilibrio, abandonó el esfuerzo y trató de volver a sentarse en el taburete.

Gwen jadeó.

—Oh, mierda—, murmuró Rebecca.

Lacey consiguió apoyar una cadera en el borde del taburete de tres patas antes de que éste se inclinara y se deslizara por debajo de ella. La cuerda se tensó y Lacey quedó colgando, asfixiada mientras su trasero caía al suelo. La cabeza y la parte superior del torso se mantuvieron en alto y tensos.

Gwen oyó ruidos de arcadas mientras Lacey intentaba recuperar el equilibrio y, al mismo tiempo, se esforzaba por meter el segundo pie en el círculo de sus brazos. Salvo las arcadas, Lacey no había hecho ningún ruido.

— ¡Joder! —April gritó. Apretó el botón del micrófono. —Wade, ve. Lacey se va a estrangular si no la sacamos de ahí. Johnson, cubre a Wade cuando entre. Markel, muévete.

La mirada de Gwen pasó de la lucha de Lacey al otro monitor. El heno explotó y salió Markel, con el rifle apuntando a los dos hombres que empezaban a hacer rodar el primer congelador hacia el ascensor.

—Alto, oficina del sheriff—, gritó Markel.

— ¿Qué...? —ladró Jake y se agachó detrás del congelador. Lo empujó hacia Markel y salió disparado hacia el ascensor.

Gwen volvió a prestar atención al primer monitor. Lacey había conseguido atravesar su segundo pie y luchaba por ponerse en pie. Sus manos, que seguían atadas, tiraban frenéticamente de la soga que le rodeaba el cuello.

Gwen se estremeció cuando Johnson y Wade entraron por la puerta. Johnson apuntó con su escopeta a Jake, que estaba tanteando el mando del ascensor.

—Quieto. Quédate ahí.

Jake dejó caer sabiamente el mando y levantó las manos.

En el monitor, Gwen vio a April correr hacia el granero.

Wade se apresuró a ayudar a Lacey, cuyo rostro se tornó carmesí. Con un solo movimiento, la levantó para liberar la presión y sacó una navaja plegable de su bolsillo. Rápidamente, aserró la cuerda hasta que un lado se liberó. La presión alrededor del cuello de Lacey se liberó, y ella jadeó en busca de aire.

En el monitor del desván, Gwen vio que Markel ya tenía al segundo hombre boca abajo, esposando sus muñecas.

Gwen respiró, realmente respiró, por primera vez en lo que parecía mucho tiempo.

A su lado, Rebecca dijo: —Bueno, eso no salió exactamente como estaba previsto. Al menos Lacey está a salvo ahora, eso es lo importante.

—Eso es—, gimió Gwen.

15

LAS SECUELAS

—Gracias a Dios que ha terminado, April—, le dijo Gwen a su cuñada después de haber asegurado la escena.

Jake Bryant y el segundo cazador furtivo, identificado por el Ranger Paterson como Robert McConnell, fueron esposados y se dirigieron a la cárcel del condado.

April y Gwen esperaban en el patio trasero de Lacey, observando a los técnicos de criminalística en el granero. La ambulancia llamada para asistir a Lacey estaba estacionada cerca.

—Me da mucha pena que la civil que utilizamos estuviera herida, pero los médicos dijeron que estaría bien, sólo magullada y conmocionada—, dijo April. —La buena noticia es que hemos arrestado a un par de cazadores furtivos, hemos atrapado a un proveedor de drogas, y apuesto a que cuando mis detectives terminen de hablar con Bryant y McConnell, habremos resuelto un asesinato y presentado una acusación de secuestro y agresión contra ellos. No está mal para una noche de trabajo, creo.

—No está nada mal—, coincidió Gwen.

En ese momento, se abrieron las puertas traseras de la ambulancia. Uno de los médicos sacó la cabeza y les preguntó: — ¿Una de ustedes es Gwen Lindstrom?

—Soy yo—, respondió Gwen, levantando la mano.

—Le gustaría que viniera con nosotros—, dijo, señalando el interior, donde Lacey yacía en una camilla.

—Adelante—, le dijo April a Gwen. Al médico le preguntó: — ¿Le importaría llevarlas a ambas al hospital? Voy a estar ocupada aquí durante un rato, y nuestro testigo aquí -hizo un gesto con la mano hacia Gwen- necesitará que la lleven.

—No hay problema, sheriff—, dijo, y le indicó a Gwen que subiera al interior.

Lacey tenía un aspecto horrible. Tenía el cuello enrojecido, hinchado y arañado donde la cuerda la había atado. Las puntas púrpuras de su pelo oscuro y enmarañado parecían chillonas a la luz del muelle de la ambulancia. Los médicos la habían cubierto con una manta, pero sus ojos amoratados estaban abiertos y con los ojos rojos.

Gwen se sentó en el banco incorporado y tomó una de las manos de Lacey entre las suyas. Vio que tenía las uñas rotas y sucias donde Lacey había arañado la cuerda.

—Me han dicho que me pondré bien—, ronca. —Solo va a tomar un tiempo para que mi voz regrese y la hinchazón baje.

A Gwen le preocupaba que, si abría la boca, iba a llorar, y eso no les haría ningún bien a ninguna de las dos. En lugar de eso, asintió y le apretó suavemente la mano.

Lacey sonrió y carraspeó: —Puede que necesite un par de días de descanso, solo hasta que mi voz vuelva a ser normal.

La sonrisa y la preocupación de Lacey por su trabajo de camarera provocaron las lágrimas. Uno de los médicos le entregó a Gwen un pañuelo de papel, y ella se limpió los ojos.

—Tómate el tiempo que necesites—, le dijo Gwen a Lacey. —El trabajo te estará esperando cuando estés lista para volver.

Uno de los médicos salió por la puerta trasera. Gwen oyó cómo se abría y cerraba la puerta del conductor. El motor se puso en marcha, las luces rojas y azules parpadearon, y ya estaban de camino al hospital.

EPÍLOGO

El caso contra Jake Bryant y Robert McConnell por el asesinato de Donald Myers, la agresión y el secuestro de Lacey, y los delitos de fabricación de drogas y caza furtiva tardarían en pasar por el sistema judicial. Mientras tanto, había clientes hambrientos a los que servir y un negocio que Gwen debía atender en el Ranchers' Café. Los clientes cotilleaban sobre los acontecimientos de la casa oculta tras los árboles. Le preguntaron a Gwen sobre Lacey y su implicación, pero ella evitó hacer comentarios, diciendo que aún se estaba investigando.

Lacey volvió al trabajo tras una semana de baja por enfermedad. Al final del día, su voz volvía a ser ronca, pero no era la chica tímida que Gwen había contratado. En cambio, caminaba con confianza y había perdido la mayor parte del nerviosismo inquieto. De vez en cuando, Gwen incluso la veía sonreír y reír con alguno de los clientes.

También había perdido ese aspecto de flacucha demacrada y había puesto algo de carne en su delgado cuerpo. Gwen reconoció el mérito de Mack. Él y Lacey habían entablado una amistad después de que ella volviera a trabajar. Lacey se había quedado con Gwen durante un tiempo, pero después de que Mack y su mujer le ofrecieran alquilar el estudio que tenían encima del garaje, Lacey aceptó rápidamente. El apartamento tenía una ventaja: Mack la invitaba a cenar con su familia. A cambio, Lacey cuidaba ocasionalmente a los dos nietos de Mack. Era un acuerdo que convenía a todos.

Lo mejor de todo es que los guardas forestales, Todd y Mark, sorprendieron a Lacey entregándole un cheque de cinco mil dólares, la recompensa por la información que condujo a la captura de los cazadores furtivos.

Gwen recuperó su casa y la tranquilidad que había llegado a disfrutar.

Si terminaba temprano ese día, planeaba pasar la tarde revoloteando una de sus moscas recién hechas por la superficie del Wind River.

FIN

Querido lector,

Esperamos que hayas disfrutado leyendo *Caza Furtiva*. Tómese un momento para dejar una reseña, incluso si es breve. Tu opinión es importante para nosotros.

Atentamente,

Connie L. Beckett y el equipo de Next Chapter

Caza Furtiva
ISBN: 978-4-82414-522-2

Publicado por
Next Chapter
2-5-6 SANNO
SANNO BRIDGE
143-0023 Ota-Ku, Tokyo
+818035793528

4 agosto 2022